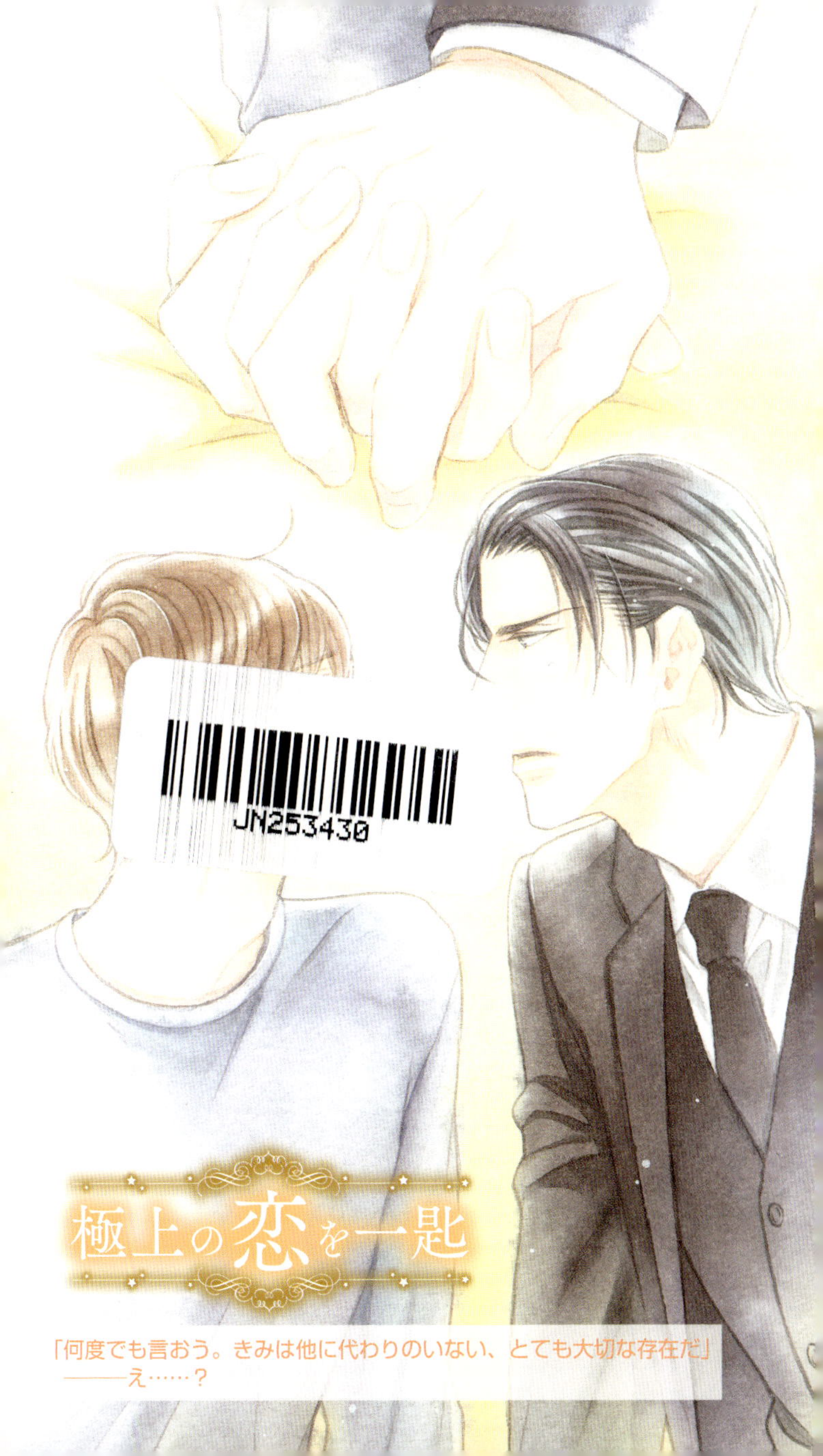
極上の恋を一匙
「何度でも言おう。きみは他に代わりのいない、とても大切な存在だ」
――――え……？

JN253430

極上《ごくじょう》の恋《こい》を一匙《ひとさじ》

宮本《みやもと》れん

ILLUSTRATION：小椋《おぐら》ムク

極上の恋を一匙

LYNX ROMANCE

CONTENTS

007　極上の恋を一匙
243　極上の愛を一口
252　あとがき

極上の恋を一匙

桜の花が硬い蕾《つぼみ》を綻ばせはじめる四月。

　暦の上ではすっかり春だが、この辺りはまだまだ冬の気配を残している。箱根《はこね》の山は天下の険とはよく言ったもので、麓から上がってきた観光客は皆「山の上は冷えるね」と口を揃《そろ》えるのだった。

　それでも梅が咲き、桃が咲き、水仙の花も開くようになるとそわそわと気持ちも浮き立つ。美しい庭をガラス越しに眺めながら、伊吹周《いぶきあまね》は植物の力に感じ入るようにゆっくりと深呼吸をした。

　広い庭には大小様々な植物が植えられているが、今は桃や芝桜が見頃だ。ピンク色の可憐《かれん》な花が枝を飾り、芝桜も白から濃いマゼンタへと幾重にもグラデーションを描いて庭を多彩に染め上げている。それがこの店の、南仏の田舎を思わせる白壁の建物によく映えた。

　これから日一日と色とりどりになっていくだろう。そんな変化を悉《つぶさ》に見ていられるのはほんとうにしあわせなことだ。

　かつて訪れたパリのような小粋さや洗練された雰囲気はないけれど、その代わりこの店には静かな安らぎがある。「ここに来るとほっとする」という客の言葉がなによりのよろこびだった。

　周が勤めるのは、オーベルジュと呼ばれる宿泊設備を備えたレストランだ。主に郊外に店を構え、地元ならではの新鮮な食材を活《い》かしたフランス料理を提供する。

　ここAuberge le Ciel《オーベルジュ　ル　シエル》が箱根に店を構えて四年。

　隅々まで行き届くようにとあえて小規模で運営している。四人のスタッフ全員が自分たちの仕事に誇りを持ち、おいしい料理ときめ細やかなサービスを提供することをモットーとしているのだった。

今日はどんなお客さんを迎えられるだろう。少しでも来てよかったと思ってもらえたら――。

思い巡らせているとタイマーが、ピピピピ……と軽やかな音を立てた。

ディナーに出すプチ・フランスが焼き上がったのだ。オーブンを開けた途端、厨房《ちゅうぼう》に漂う香ばしく甘い香りに今日もいいできだと頬をゆるめる。

手早くパンを籐籠《とうかご》に盛りつけ、持ち場へと踵《きびす》を返す途中、壁の鏡に映った自分自身と目が合った。

「常に心身をフラットに保ってこそおいしい料理ができる」とのシェフの言葉に従って開店以来かけられているものだ。仕事中も自分の姿に目をやっては、わくわくとした高揚感や、逆に内心の焦りが顔に出ているのを何度も見てきた。

――まだまだ轟《とどろき》さんみたいにはいかないなぁ……。

豪快に寸胴《ずんどう》鍋を持ち上げているシェフ、轟修平《しゅうへい》の背中をチラリと見、鏡の自分に視線を戻して周は小さく嘆息する。

同じ白いコックコートに身を包んではいるものの、片や長身で逞《たくま》しいのに対し、此方《こなた》身長は一六〇センチ半ばしかなく、その上ヒョロリとしていてどうにも頼りない。色素の薄い髪や目とも相俟《あいま》って昔から男らしさに欠けるとよく言われた。轟の半分ほどしか生きていない二十五歳の若造は圧倒的に経験も足らず、コックとして働く傍ら、シェフの手元を見ては勉強させてもらう毎日だった。

尊敬する轟に追いつくにはまだまだ時間がかかりそうだ。

それでも、頑張《がんば》っていればいつかはその背中に手が届く日がくると信じている。

すべては最高の料理のためだ。もっともっといいものを作りたい。そして、食べてくれた人たちをしあわせにしたい。

「周。仕上げ頼む」

「はい」

轟にバットを手渡される。

条件反射で顔つきが変わったせいか、それを見た轟がブハッと噴き出した。

「おまえはほんっとわかりやすいな。料理となった途端、見えない尻尾がピンと立つ」

「それ、犬みたいじゃないですか」

「柴《しば》犬だな。おまえは」

「どうせおれの髪は茶色いですよ」

「顔も似てる」

「うれしくないですっ」

心から尊敬している師ではあるものの、轟のざっくばらんな性格のせいで喋《しゃべ》る時は大抵つられる。カチコチに畏《かしこ》まっていた初対面の時点で「肩が凝ってしようがない」と本人からダメ出しされ、結果今のようなスタイルになった。

おかげで厨房特有のピリピリとした雰囲気はなく、肩の力を抜いて料理と向き合うことができる。もしかしたら経験の浅い周を気遣ってそうしてくれているのかもしれない。もちろん、面と向かって礼を言ったとしても轟は笑いながらうまくはぐらかしてしまうのだろうけど。

内心苦笑しながら周はコールドテーブルに移動する。テーブル自体が温度管理されている、冷菜を盛りつけるための場所だ。

ボウルに薄切りにした桜鯛《さくらだい》、キューブ状に切り揃えた赤と黄色のパプリカ、ピンクペッパーを入れ、塩胡椒《こしょう》、オリーブオイルを回しかけて手早く和《あ》える。

次にジュレをフォークで細かくクラッシュし、ガラスの皿に盛りつけた鯛のマリネに手早く載せた。フォンと呼ばれる出汁《だし》にホワイトヴァルサミコとハーブを合わせ、ゼラチンで固めておいたものだ。甘酸っぱく香りもいいので白身魚によく合うし、なにより透き通ったシャンパンゴールドのジュレがきらきら輝いているのを見るのはとても楽しい。

最後にセルフィーユを飾れば春の夜の宴《うたげ》にふさわしいオードブルの完成だ。突き出しとして出した春野菜テリーヌのアミューズ・ブーシュもそろそろ食べ終わる頃だろう。

皿の用意が調《ととの》ったところでタイミングよくホール担当の高埜幸太郎《たかのこうたろう》が顔を見せる。ウインクとともに手際よく料理を運んでいく背中を見送りながら、周はつくづくと感心してしまった。

——いつも思うけど、ほんとどうやって持ってんだろ……。

自慢じゃないが、料理を作ることはできても皿を複数持つのは苦手だ。ましてやあんなふうに腕に載せて颯爽《さっそう》と歩くなんてとてもできない。副支配人の高埜にしても、もうひとりのホール担当である支配人の日下《くさか》にしても、周にとっては驚異的な存在だった。

だが、彼らは彼らで「フランス料理を作れる方がすごいんだぞ」と異口同音に口を揃える。「覚えることといっぱいで大変だろ」とも言われたけれど、自分にとっては好きなことだからむしろ楽しい。昔から夢中になると他のことがまったく見えなくなるタイプだ。猪突猛進《ちょとつもうしん》ともよく言われた。

――この年になるとさすがに恥ずかしいけど……。

盛りつけに手を動かしながら内心そっと苦笑する。

そんな周も、ここで働くようになってそろそろ四年が経《た》とうとしていた。

轟と同じく、スタート時のメンバーのひとりだ。立ち上げから関わってきただけに思い入れも強く、もし「料理以外に執着するものはあるか？」と問われたなら、迷わず「シエル」と答えるぐらいにはこの店を大切に思っている。同時に、料理のことだけで頭をいっぱいにしていた頃の自分が知ったら驚くだろうなと思うとおかしくもあった。

小さな頃から料理人になるのが夢だった。

ごちそうと言えばハンバーグが定番だった伊吹家で、周がフランス料理の存在を知ったのは九歳の時だ。家族ぐるみのつき合いをしていた従兄弟《いとこ》が、勤め先の外資系ホテルのレストランに伊吹家を招待してくれたことがあったのだ。

「いい子にしてるのよ」と言い含められつつ連れていかれたレストランでフレンチに出会った時の衝撃を今でもはっきり覚えている。周の母親は料理が上手で、いつもいろいろなものを作ってくれたけれど、そのどれとも似ていなかった。学校で出る給食とも全然違った。

そんな複雑で美しいもののことをもっと知りたいと好奇心が湧き起こり、家に帰ってからは母親が根負けするまでフランス料理の本をねだった。高校でフランス語を履修したのも原書でレシピを読みたかったからだ。

高校卒業後は専門学校で腕を磨き、学生コンクールを総舐《な》めにして猪突猛進と渾名《あだな》された。その集大成として最優秀卒業生に贈られる賞金を手に単身渡仏し、一年間あちこちのレストランを訪れては本場の味を食べて回った。

――どれもすごくおいしかった……。

学生時代は滅多《めった》に使えなかった高級食材を様々な手法で味わった。それを今や、当たり前のように扱うのだから不思議な気分だ。

――しあわせだなぁ。

楽しそうにフライパンを揺する轟を眺めながら内心ひとりごちる。周の心の声が聞こえたら「仕事なんだから当たり前だろ」と笑われそうだ。……ですよね、と心の中で答えつつ、でき上がった皿を高埜に任せて今度はつけ合わせの準備に入った。

毎度のことながら料理中は大忙しだ。特にディナーは品数も多い。

冷蔵庫から食材を取り出してシンクへ、洗い終わった野菜の皮をテーブルで剝《む》き、天板に載せて隣のオーブンに入れる。決して広くはない厨房の中をくるくると動き回っていると、いつもダンスをしているような気分になった。

コースはセロリのポタージュ、真鯛のムニエル、口直しのソルベと皿を重ね、牛テールの赤ワイン煮込みへと続く。オーブンで三時間じっくり煮込んでからピューレ状にしたビーツを加え、ほんのり甘みを引き出した轟の自信作であり、周も大好きな一品だ。

その後は、苺《いちご》とパイを交互に重ねた春らしいデセールを出してようやくほっと息を吐いた。最後のカフェ・プティフール用に焼き菓子は用意してある。ここからはしばしの小休止だ。

「やれやれ……」

一仕事終えたというように轟がこぶしでトントンと腰を叩《たた》く。

それを見て、失礼とは思いつつも噴き出してしまった。

「それじゃおじいちゃんですよ、轟さん」

「おじいちゃん言うな。俺の繊細なハートが傷つくだろ」

「その言葉に説得力がなさすぎて……」

「うっさい柴犬」

「人に変な渾名つけるのはやめてください」

ホールに筒抜けにならないように小声で言い合っていると、高埜がひょいと顔を覗《のぞ》かせた。

「なんだ、楽しそうだな」

「あ、高埜さん。聞いてくださいよ。轟さんがおれのこと柴犬とか言うんです」

「へぇ？　柴犬ね……」

しげしげと顔を覗きこんできた高埜が感心したように頷《うなず》く。

「なるほど。言われてみれば」

「ちょ…、高埜さんまで」

「いいじゃん愛嬌《あいきょう》があって。まぁ、どっちかって言うと柴犬より豆柴って感じだけどな？」

「さらにひどいっ」

轟どころか、高埜と並んでも十センチ以上背が低いのを密かに気にしているというのに、言うに事欠いて豆柴とは何事か。

しかも愛嬌のある顔なんて言われたってまったくちっともうれしくない。自分だってこれでも男だ。どうせならカッコイイとか、イケメンだとか言われてみたい。このふたりみたいに。

「………」

そこまで考えて、あまりの虚《むな》しさに周は内心ため息をついた。

高埜も轟も、人目を引く整った顔立ちをしている。轟の魅力をワイルドな大人の色気とするなら、高埜の場合は爽やかなセクシーさとでもいうのか、給仕中に女性客から声をかけられているのを見たのも一度や二度のことではない。ギャルソンの制服を颯爽と着こなした彼がなぜかこちらに流し目をよこすたび、女性に向けてあげればいいのにと思ったりした。

もしかしたら高埜のことだから、年下の周を心配して目を配ってくれているのかもしれない。

——なんだかんだで面倒見のいい人だもんなぁ。空気読むのも妙にうまいし……。

シエルで働いた年数でいえば高埜が一番短く、まだ二年ちょっとという途中合流組なのだけれど、持って生まれた器用さとサービス精神旺盛な性格のおかげであっという間にこの店の戦力となった。『なんでも屋』の異名を取る彼の主な仕事は給仕と掃除だが、他にも送迎や電話応対、さらには洗濯からアイロン掛けまでその内容は多岐に渡る。料理以外はからっきしの周から見ればスーパーマンのような人なのだった。

――天は二物を与えずなんて嘘《うそ》だ……。

ふたりを見ながら本日二度目のため息をついたところで、ホールと厨房を仕切る通用口が開いた。

「お客様からお褒めの言葉を頂戴しましたよ」

「あ、透《とおる》くん」

おだやかな声とともに入ってきたのはシエルのオーナー兼支配人の日下透だ。

周にとっては九歳年上の従兄弟であり、フランス料理と出会わせてくれた恩人でもある。トレードマークの柔和な笑みを浮かべた日下はあらためて三人を見回した。

「シェフ特製の赤ワイン煮込み、すごくおいしかったと三番テーブルのご夫婦からお褒めいただきました」

「そうか、そりゃよかった」

「ええ。僕もとても誇らしいです」

轟がいつものように口端を上げてシニカルに笑う。

だいたいのことには大雑把でも料理に関してはストイックな人だ。内心よろこんでいるのは周にもわかる。日下も同じことを思ったようで、自分が褒められたようにうれしそうな顔をしていた。

「日下さん、ゆるんでるゆるんでる」

「えっ」

高埜が自らの頬に人差し指を当ててみせる。

よほど無自覚だったのか、慌てて出す日下を見て周もつい笑ってしまった。

日頃は凛《りん》としてそつがない人なのだ。面差しも美しく、すらりとした彼には同じ男ながら『きれい』という言葉がよく似合う。

かつて外資系の一流ホテルでコンシェルジュをしていただけあって物腰のやわらかさや忍耐強さは折り紙つきだし、長年の夢だったオーベルジュを三十代で実現させるなど思いきりのいいところもある。そんな日下が、自分やスタッフの前でだけ見せるほっとゆるんだ顔が周はとても好きだった。

「……ええと」

仕切り直しをするように日下がコホンと咳払《せきばら》いをする。

「そろそろ最後の準備をしましょうか」

その言葉に最初に反応したのは高埜だ。

「それじゃ俺、先にホール戻りますね。デセールの皿下げてこないと」

「ごめんね、お願い」

なんでも屋の頼もしい背中を見送って、周たちも最後の一皿に取りかかる。周が焼き菓子の盛りつけをする傍らで轟はコーヒーを、ティースペシャリストの資格を持つ日下が紅茶の支度をはじめた。

ふたりは小声で話しながら楽しそうに飲みものを淹《い》れている。

以前聞いた話では、日下と轟はホテル時代からの知り合いなのだそうだ。見た目も性格も正反対、年齢だって二十歳離れているにも拘《かか》わらずふたりは意気投合したらしく、オーベルジュをはじめるに当たって「田舎でのんびりやってみませんか」と声をかけた日下に轟が乗った結果が今だ。長いつき合いだけあって轟は日下のよき相談相手にもなっているようだった。

――透くん、轟さんと話してる時はほっとした顔するもんなぁ……。

本人に自覚はないかもしれないけれど。

こちらまでほのぼのとしながら手を動かしていた周だったが、準備ができたと声をかけようとして、ふたりの顔がやや翳《かげ》っていることに気がついた。

「……そうすると、原価がだいぶ上がりますね」

「とはいえ在庫抱えるにもリスクがある。腹に収めるってことにすりゃまた別だが」

「さすがにそれを価格に織りこむわけにはいきませんよ」

「こうも続くと厳しいもんだな」

どうやら経営の話のようだ。

シェフという立場上、マネージメントは避けては通れない業務だが、フィールドプレーを好む轟にとっては頭の痛い仕事だろう。日下もなにやらため息をついている。

轟は思うところでもあるのか、静かにデミタスカップをテーブルに置いた。

「あの話、やっぱり乗っておいて正解だったと俺は思うぞ。おまえにゃ大きい決断だっただろうが」

「そう……ですよね……」

日下はポットを手にしたまま一点を見つめている。彼が黙りこんだのは実際には短い時間だったのだけれど、周にはそれが一分にも二分にも思えた。

「あ、あのー……」

思いきって声をかけた途端、日下がはっとしたようにふり返る。

「あぁ、ごめんごめん。そっちはもう準備できた？」

向けられた笑顔はすっかりいつもどおりだ。だからこそ、さっきの憂い顔がなんとなく気になった。

「透くん、なんかちょっと無理してない？」

「どうしたの。そんなことないよ」

日下が形のいい眉を下げて苦笑する。小さな頃からよくこうやって顔を覗きこまれたものだった。

兄弟のいない周には従兄弟の日下が兄代わりのようなものだったから。

上目遣いに自分とよく似た鳶《とび》色の瞳を見上げる。嘘をついているようには見えないのに、なんだかちょっと落ち着かない。

「だけど……」

なおも言葉を続けようとしたところで通用口が開き、高埜が顔を覗かせた。

「準備いいです？　持ってっちゃいますよ」

そう言うなり、焼き菓子の載った皿をひょいと取られる。手際よくコーヒーをトレイに載せるのを見て日下や轟たちもきびきびと動き出し、話はそれっきりになった。

「さて、最後のひと頑張り」

銀盆を手に、にっこり笑った日下が高埜とともにホールに出ていく。その背中からなんとなく目を離しがたくて、周は通用口の小さな窓からレストランの様子を眺めた。

キャンドルを灯《とも》した各テーブルはとてもいい雰囲気で、それぞれの間隔も広くゆったりとしている。だが本来は、二十席まで入れることが可能だ。今夜のように予約が埋まらない日は空席を目立たせないよう、わざとテーブルを間引く。残念ながらシエルの稼働率は常に六割を下回り、少ない時には四、五組しか客が入らないこともあった。

――味には自信があるのに……。

轟は、外資系ホテルでスーシェフを勤める前は、本場フランスの一つ星レストランで腕をふるっていた経歴の持ち主だ。彼の大胆かつ繊細な料理は周のお手本だし、そんなシェフが周をコックとして認めてくれていることを誇らしく思っている。

一度でも食べてもらえたら気に入ると思うのだ。現にシエルにはリピーターが多い。年齢層もやや高めだ。人生でたくさんのおいしいものに出会ってきた人たちに選び続けてもらえているという自負もある。それだけに、立地のせいか、あるいは知名度的な問題なのか、現状は歯痒《はがゆ》いものだった。

もどかしさをため息でそっと押しやる。

そんな背中に喝を入れるように後ろから轟に呼ばれた。

「周。そろそろ片づけるぞ」

「あ、はい」

急いで気持ちを切り替えて洗い場に向かう。

暗くなっていてもしかたない。自分はただ、自分にできることを一生懸命頑張るだけだ。いつでも最高の料理で迎えられるように腕を磨くこと、それが自分に与えられた役目だと信じている。

一心に鍋を洗いながら周は心に誓うのだった。

＊

それは三分咲きの桜を凍らせるような、ひどく花冷えのする朝のことだった。

四月の朝はまだ暗く、吐く息が白く上がっていく。すうっと項《うなじ》を撫《な》で上げる冷気に首を竦《すく》めながら周はスタッフルームの扉を開けた。

「おはようございます」

「おう」

「おはよう、周」

いつもは一番乗りなのに、今朝に限って遅れてしまった。身支度の仕上げにとコックコートの襟を正したところで一番上のボタンが取れてしまったのだ。昨日までなんともなかったのに、週のはじめの朝一番にプツッと取れるなんてあまり縁起のいいものではない。

――気にしない気にしない。

自分に言い聞かせながら応急処置の安全ピンにそっと手をやる。

部屋には全員が揃っており、挨拶を交わすなりすぐにミーティングがはじまった。

シエルでは、毎朝必ずスタッフ全員でショートミーティングを行っている。一日のスケジュールと各自の予定、宿泊客の申し送りやレストラン客の要望などを細かく共有するためだ。特に日下や轟は業者との打ち合わせで日中外出することもあるため、不在中のオペレーションを事前にすり合わせておく必要がある。

いつもは十五分もあれば終わるのだが、今朝はちょっと様子が違った。ひととおりの情報を共有した後も日下は解散を促さず、硬い表情のままじっと手元のバインダーを見つめている。

――どうしたんだろう……？

なんだか思い詰めているように見える。よくない報《しら》せかと身構える周の前で日下は静かに顔を上げ、皆の顔をゆっくりと見回した。

「実は、大事なお知らせが」

途端に胸がざわっとなる。

「明日から、新しいオーナーに来ていただくことになりました」

思いもよらない話に、言われたことがすぐには理解できなかった。

彼はなにを言っているんだろう。どうして新しいオーナーだなんて。

「そう、なの……？」

やっとのことで声を絞り出した周に、日下は複雑そうな顔で目を眇《すが》めた。

「急な話で驚かせてごめんね」

「透くん……」

なんでも、新しくオーナーとなる人とは以前から話をしていたのだそうだ。実際の着任はもっと先の予定だったが、急遽《きゅうきょ》前倒しされたのだという。

諄々《じゅんじゅん》と説明されたにも拘わらず、それでもまだうまく飲みこむことができない。縋《すが》る思いで轟を見上げた周は、その泰然とした横顔に彼はすべてを知っていたことを理解した。

考えてみれば常日頃から日下の相談を受ける立場だ。アドバイスなどもしていただろう。

既に腹を括《くく》った様子のふたりとは対照的に、高埜の顔には動揺が滲《にじ》んでいる。目が合うと、彼は不安をわかち合おうとするようにそっと顔を歪《ゆが》めてみせた。

その高埜が、日下に向き直る。

「新しいオーナーってことは、平たく言うと買収ですよね。シエルは解体されるんですか」

「えっ」

それを聞いて、思わず声を上げてしまった。そんなことになったらどうしようと交互にふたりを見上げる周に、日下が安心させるように首をふる。

「解体はしないよ。僕がさせない。……経営のプロの方に店の立て直しをお願いしたんです。仕事は今までどおり頑張ってもらえたらありがたいし、僕も支配人としてここに残ります」

「あ、なんだ。じゃあ、ほとんど今までどおりじゃないですか」

「仕事のやり方は少し変わるかもしれないけど」

「そんなの全然構いませんよ。……あー、そっか。よかった。俺辞めなくてもいいんですね」

雇用が継続されるとわかり、高埜はほっと胸を撫で下ろしている。事業買収という有事であってもそこに光明を見出《みいだ》すタフさは自分にはないものだった。

いざという時、高埜は強い。

かつて勤めていたハウスクリーニング会社がある日突然倒産した時も、落ちこむより先にシエルのスタッフ募集広告に応募してきたのが彼だった。年の離れた妹の学費を仕送りしている高埜には、できるだけ生活費を切り詰めたいという事情もあり、住居や食事の心配のないオーベルジュでの仕事がとてもありがたいものなのだそうだ。

外見は申し分なく、おまけに性格までいい高埜が、そんな事情を抱えていると聞いた時には驚いたものだ。「女手ひとつで育てられた長男だからな」と当たり前のように笑った顔がとても印象的で、それ以来彼に尊敬の念を抱くようになった。

面倒見がいいのも、場の空気を読むのが妙にうまいところも、育った環境によるところがあるのかもしれない。そんな彼がこれからも安心して働き続けることができるならよかった。もちろん自分も。轟も日下も。誰ひとり欠けることなく仕事ができるならこんなにうれしいことはない。

「高埜くんがいてくれないと。これからも頼りにしてます」

「お任せください」

高埜がガッツポーズを決め、それに日下が笑って、ようやくいつもの雰囲気が戻ってくる。

そんな中にあっても胸の内にかかった靄《もや》は晴れる気配もなかった。

――だって、透くんの夢だったのに。

自分が料理人になりたかったように、日下もオーベルジュをやるのが夢だった。そのために外資系ホテルで経験を積み、コンシェルジュにまで上り詰めながらその職を辞し、人を集め、候補地を吟味し、たくさんの借金をしてこの店をはじめた。

シエルは日下の夢そのもので、彼は夢の主人公だった。従兄弟として、小さな頃からくり返し話を聞いてきたから周にはそれがよくわかる。日下がどれだけ思い入れを持っていたか。そしてその夢を共有してきた自分もまた、シエルをどれだけ大切に思ってきたか。

料理しか興味のない自分が唯一心を砕いたのがこの場所だ。それが少しでも変わってしまうことに胸がざわついてしかたなかった。

「透くん」

縋る思いで名を呼ぶ周に、日下が静かに頷いてくれる。

「周の言いたいこと、ちゃんとわかるよ」

「それなら」

「ここは僕の夢だったけど、支え続けてくれたみんなの生活を守る方がもっと大事だと思ったから」

「……」

その言葉の裏側にあるものを感じ取り、もはや返す言葉もなかった。

別の誰かに経営権を譲ってでも彼は店の存続を選んだ。雇用を守るため、引いてはひとりひとりの生活を守るために。それだけ事態は逼迫《ひっぱく》していたということだ。

――そんなに苦しかったんだ……。

詳しいことはわからなくても、ホールの様子を思い出せば頷ける。レストランが満席にならないということはホテルの稼働率も低いということだ。轟と話していた時の、日下の思い詰めたような顔が脳裏を過《よぎ》った。

やはり経営状況はよくなかったのだ。自分が思っていたよりずっと。

「おれ…、なにも知らないままでごめん……」

こうして決定事項になるまで深く考えもしなかった。その結果、大切なものがなくなってしまう。

唇を引き結ぶ周の腕を、日下はやさしくさすってくれた。

「僕の方こそ、そんなふうに言わせてしまったことをとても申し訳なく思ってる。今回の件は経営の才のなかった僕の責任だ。だけど、これでシエルがなくなってしまうわけじゃないから。落ちこまないで。ね？」

子供の頃そうしたように顔を覗きこまれ、曖昧に笑い返す。日下の方が辛《つら》いだろうに気を遣わせてしまったことが申し訳なかった。

せめて高埜みたいに胸を張って、「大丈夫だよ。頑張るよ」と言ってあげられたらいいのに。うまく切り替えられないでいる気持ちを後押しするように、背中をポンと叩かれた。

「そんな顔すんなって」

「高埜さん」

「俺の時なんて朝会社に行ったらドアに張り紙がしてあって、いきなり倒産、解雇通告だったんだぞ。給与未払いの上に経営者トンズラってダブルパンチより遥《はる》かにマシだろ？」

「確かに、それはそうかも……」

「な？」

勢いに呑《の》まれてつい頷く。

それを見た高埜はにっこり笑って日下へと視線を移した。

「ところでどんな人なんですか？　新しいオーナーって」

「一族が経営している会社の幹部だそうだよ。三十代半ばとは思えないほど貫禄《かんろく》があって……正直、僕とは正反対のタイプです」

「高埜くん、ひどい……」

「なるほどわかりやすい」

間髪入れぬツッコミに日下がしおしおとなる。そんないつもながらのやり取りに、少し硬くなっていた空気がほっと和んだ。

「バリバリのエリートタイプだったりして」

「手広く事業やってる資産家だそうだぞ」

「轟さん、会ったことあるんですか？」

「いや、俺はない。オーナーが話をまとめたからな」

轟の言葉に、日下がおだやかに苦笑する。

「その呼び方も、明日からは変えてもらわないといけませんね」

「しばらく間違いそうだなぁ」

「すぐ慣れますよ」

話しているうちに壁のアンティーク時計がボーンと鳴った。そろそろ宿泊客の朝食の支度をはじめなければいけない。

「それじゃ、今日も一日頑張りましょう」

いつものように日下の声に送り出される。

倉庫に寄るという轟とは出口で別れ、周は厨房へと足を向けた。

こうしてひとりで歩いていると先ほどのショックがじわじわと甦《よみがえ》ってくる。日下や高埜に励ましてもらったというのに、胸の中のもやもやはちっとも消えていなかったのだと気づかされた。

なんとなく息苦しい気がして喉元に手をやり、指先に触れた違和感にはっと足を止める。それは、今朝取れたボタン代わりの安全ピンだった。

「こういうことって、あるんだ……」

嫌な予感が的中してしまった。

考えすぎじゃないかと思う反面、偶然という言葉で片づけることができない。見えない砂に足を取られ、音もなく穴に落ちていくような焦燥感に胸の奥がざわざわとなった。

そんな自分を、窓越しに朝日が照らしはじめる。

不安という名の黒点を赤裸々にされるような気がして、周はそっと唇を噛《か》んだ。


気怠《けだる》い疲れを残したまま翌朝を迎えた。

ベッドに入ってからも悶々《もんもん》として寝つかれず、思い出をなぞるように昔の写真を眺めているうちに気づいたら朝になっていた。

自分でさえこうなのだ。決断した日下はもっともっと眠れない夜を過ごしただろう。そんな彼の前で疲れた顔を見せるわけにはいかないと、いつも以上に気丈にふるまううちに気づけば怒濤《どとう》のランチタイムも終わっていた。

束《つか》の間《ま》の休憩に周はふっと息を吐く。あと一時間もすれば今夜の宿泊客がやってきて、また慌ただしくなるだろう。

それを狙い澄ましたかのように、レストランの前に一台の車が停《と》まった。

ランチはもう終わったし、どこかの営業マンが来るとも聞いていない。気になった周はテーブルを整えていた手を止め、そっと窓に歩み寄った。

黒塗りのどっしりとしたボディは一目で高級車とわかる。

ドライバーが恭《うやうや》しく後部座席のドアを開けると、そこからひとりの大柄な男性が降り立った。

遠目ではっきりとは見えないけれど、ずいぶん背が高いことがわかる。広い肩幅とすらりと伸びた足が印象的な、非の打ちどころのないプロポーションだ。その彼が、運転手を伴ってこちらに歩いてくるほどにその涼やかな美貌に目を奪われた。

彫刻のように整った面差し。秀でた額は聡明《そうめい》さを感じさせ、男らしく切れ上がった眉も意志の強さを窺《うかが》わせる。なにより切れ長の双眼はすべてを見通すほどに力強く、見ているだけで圧倒された。

——すごい……。

ごくりと喉が鳴る。これまで出会ったことのないタイプだ。その堂々とした態度からは、人を傅《かしず》かせることに慣れたものの威厳さえ感じた。

瞬きも忘れて見入っていると、建物から日下が出てきてふたりに向かって頭を下げる。あらかじめ来ることを知っていたのだろう。にこやかに出迎えるのを見て、彼らが大切なゲストなのだと合点がいった。

「あれが新しいオーナーか。すげぇ迫力だな」

「えっ」

いつの間にそこにいたのか、轟がすぐ後ろでしみじみと呟《つぶや》く。

「あの人が？」

「たぶんな。今日から替わるって言ってたろ」

視線を戻した先では日下と男性が紳士的に握手を交わしている。買収というから、てっきり悲壮感漂うものだと思っていたのに。

そう言うと、轟は「んなの、やりにくくてしょうがねぇだろ」と苦笑した。

「第一、そんな相手にあいつは店を売らないと思うぜ」

轟がじっと日下を見つめる。

その横顔には、長い年月をかけて培った信頼感のようなものがあった。ホテルからオーベルジュへと運命をともにしてきた同志として、そして人生の先輩として、日下の思いがわかるのだろう。

「ふたりとも、ここにいたんですね」

そこへ高埜が駆けこんでくる。どうやら自分たちを探していたようだ。

「新しいオーナーが到着されました」

「あぁ、そうみたいだな」

「俺たちも出迎えましょう」

背を押されるようにして慌ただしくホールを出る。レストランとホテルをつないでいる渡り廊下を渡り終えると、ちょうど日下に案内された男性たちがエントランスに入ってくるところだった。

毎日ここで宿泊客を迎え、そして送り出してきた。それ以外の立場の人と対峙《たいじ》するのははじめてのことだ。ましてや、これから自分たちの上に立つオーナーなど。

――シエルを、買収した人……。

顔が強張《こわば》るのが自分でもわかる。

「うちのスタッフをご紹介します」

年功序列に従ってまずは轟が紹介される間、周はじっと男性を見上げた。

こうして間近にするとオーラのようなものを感じる。三つ揃いのスーツや撫でつけられた黒髪には一分の乱れもなく、どこか近寄りがたい雰囲気があった。まるで精密な機械のようで、つけ入る隙がないと言えばいいのか。物腰は洗練されていて優雅ですらあるのに、事情が事情のせいかどうしても馴染《なじ》めるようには思えなかった。

悶々とする周とは対照的に、轟はにこやかに男性と握手を交わしている。円滑にビジネスを進めるためには友好を示すことも必要なんだろう。頭ではそうとわかっていても、気持ちは追いつきそうにないけれど。

「こちらがコックの伊吹です」

日下に促され、思いきって一歩前に出る。

「はじめまして。伊吹周です」

自己紹介をした途端、なぜか男性の纏《まと》う空気が変わった。

「きみが……」

――え……？

見開かれた漆黒の瞳に爛々《らんらん》たる光が灯る。

できるだけ自然にふるまったつもりだけれど、やはりおかしなところがあっただろうか。それに、「きみが」とはどういう意味だろう。まるで自分を知っているような口ぶりで……。

戸惑いを隠しきれない周を、男性は食い入るように見下ろしてくる。その鋭い眼差《まなざ》しに心の中まで見透かされそうで周はたまらず目を伏せた。

昔から思ったことがなんでも顔に出る質《たち》だけに、ポーカーフェイスでやり過ごせる自信なんてない。ここで自分が下手を打って日下たちが準備してきたことを台無しにしたくなかった。

強い視線に居心地の悪ささえ感じ、そろそろと日下の方を見る。

視線に気づいた支配人はすぐさま取り成してくれた。

「成宮《なるみや》さん。もうひとり紹介させてください。副支配人の高埜です」

「成宮って……あの成宮グループの？」

打って変わって、素っ頓狂な声を上げたのは高埜だ。

皆の視線が一斉に集まる中、男性は顔色ひとつ変えずに頷いた。

「知っているなら話は早い。成宮雅人《まさひと》だ」

高埜は驚いたように雅人を見上げている。長身の彼でさえさらに目線を上げるのだから、対峙している雅人はゆうに一八五センチはあるだろう。

「そうか……あなたが、あの……」

「高埜さん？　どうしたんです？」

どうも訳ありのような口調が気になって小声で訊《たず》ねると、高埜は小さく肩を竦めてみせた。

「前の会社が突然倒産したって話したことがあったろ。あの頃、ハウスクリーニング業界に進出してあっという間にシェアを広げたのが成宮グループだったって思い出してな」

「え？　あ……！」

それは正社員に採用されて間もなくのことだったという。さあこれからと思った矢先の急な倒産。その一因を作った相手と、まさか対峙することになるなんて。

息を詰めて高埜と雅人を交互に見上げる。

シンとした空気の中、それでも雅人は表情筋ひとつ動かさなかった。

「それがビジネスだ」

低く、落ち着いた声音。「正確にはグループ会社のひとつだが」とつけ加えた雅人は、あらためて一同を見回した。

「悉に市場を観察し、勝機を見こんだらすかさず打って出るのが俺の仕事だ」

ハウスクリーニングのような新規参入事業もそのひとつだという。新しいことにはリスクがつきものだが、これまで顕在化していなかった需要を掘り起こすきっかけになり、消費者にとっても自分にとってもメリットがあると雅人は語った。

「ビジネスは運でも勘でもない。観察の上に成り立つロジックだ」

経営哲学を語る雅人に圧倒されて言葉もない。実際その煽《あお》りを食らった高埜の気持ちを考えても、すんなりと受け入れることはできなかった。

「俺を恨むか」

雅人が静かに高埜に問う。

手広く事業を展開していれば、それだけ追いやった相手と出会《でくわ》すこともあるだろう。彼にとっては恨まれることすら日常の一部なのかもしれない。

一方の高埜は複雑そうな顔をしている。無理もない。どんな過去があろうとも今目の前にいるのは新しいオーナーで、職を失うわけにはいかないのだから。

——それをわかってて訊《き》くなんて……。

もやもやとしたものが湧き上がってくるのを感じ、顔を顰《しか》めた時だ。

「潰れてからでは遅いんだ」

諭すように正面から言われ、ますます訳がわからなくなった。どうして自分に向けて言うんだろう。

さっきの件とどう関係があるんだろう。

微妙な空気を混ぜ返すように日下が雅人たちをレストランへと促す。まずは顔合わせがてらお茶をということらしい。引き離してもらえて助かった。正直いまだに居心地が悪いくらいだ。

「そうわかりやすい顔すんな」

厨房に入るなり、後ろからポンと頭を叩かれた。

「轟さん」

「おまえの気持ちもわかるけどな。これも仕事だ」

轟が苦く笑う。

そうやって割りきってみせたって、ほんとうは言いたいこともたくさんあるだろうに。彼の心中を思ったら自分が我儘《わがまま》を言うのは違う気がして、周は無理やり気持ちを切り替えた。

手早く全員分のコーヒーを淹れ、高埜と分担してテーブルに運ぶ。

窓から燦々《さんさん》と差しこむ光の中、ゆったりと椅子《いす》に座る雅人はこうして見ると絵になった。泰然としていて貫禄があり、なにより人目を引きつける空気を纏っている。為人《ひととなり》を知らなければ自分だって格好いい人だと思ったかもしれない。

――今は到底無理だけど。

心の声が出ないよう気をつけながら、日下と談笑している雅人の前にコーヒーを置く。

「これはレストランで出しているのと同じものか」

「えっ……あ、はい」

唐突に話しかけられ、驚きのあまり返事が遅れた。それまでこちらをチラとも見なかったのに。

雅人は白磁のカップを持ち上げ、注意深く香りをかぐ。

「豆の品種は？　淹れ方はどうしている。仕入れは？」

「ええと、コナコーヒーをペーパードリップで」

矢継ぎ早に問われて正直面食らってしまった。

豆は一から焙煎《ばいせん》できるわけではないので、業者から挽《ひ》き立てのものを毎週届けてもらっていること、輸送費をかけてでもなるべくフレッシュなものを出すようにしていると轟も言い添えてくれる。

コーヒーを一口含み、神経を集中させるように静かに目を閉じていた雅人は、ややあってこちらに目を向けた。

「味はいい。だが、これではダメだ」

「な……」

容赦なく切って捨てられ、言葉を呑む。

「コナコーヒーと言ったな。ブルーマウンテンやキリマンジャロと並ぶ世界三大コーヒーのひとつだ。その希少性の高さから高値で取り引きされている。純度百パーセントともなると、ホワイトハウスの公式晩餐会で出されるほどだ」

轟にコーヒーのグレードを訊ねた雅人は、「上から二番目だったか、三番目だったか」との答えにますます眉間に皺《しわ》を寄せた。

「拘りたい気持ちは理解するが、これはない。マニア向けの店ならまだしも、食後のコーヒーとしてオーベルジュで出すには高すぎる」

立て板に水のような説得に思わずぽかんとなってしまった。どうして彼はそんなに詳しいんだろう。よほどコーヒーに思い入れを持っているんだろうか。

「潰れてからでは遅いと言った意味がわかるか」

雅人はスタッフらに座るよう促した後で、おもむろに口を開いた。

「箱根には数軒のオーベルジュがある。実際に宿泊してみたが、どこもそれなりに特長を出していて悪くない。お互いがうまく共存していると感じた。これまでなら、それでよかった」

雅人は一度言葉を切り、全員の顔を眺め回す。

「近々、新しい店が増える」

「えっ」

初耳だった。

日下や轟の顔を見るものの、皆一様に驚いている。

「どこに……それに、どうやってそれを……」

「情報戦を制するのも大切なことだ」

なんでもないことのように言われてさらに驚いてしまった。もしかしたら、まだ公になっていない情報を引っ張る独自のルートを持っているのかもしれない。

圧倒される周の横で、ひとり気を吐く高埜が声を上げた。

「さっき言われたように、箱根のオーベルジュは微妙なバランスを保っています。そこにあえて店を出すなんて無謀なんじゃないですか？」

「ほんとうにそう思うか？」

「え？」

「言ったろう。ビジネスは観察の上に成り立つロジックだと」

箱根周辺を徹底的に調査した結果、新規参入によるうまみはあるとの結論に達したと雅人は語る。これから新しく店を出すオーナーも彼と同じ考えなのだろう。

「シエルは、これから後発者に追われる立場になる」

「構いません。これまで以上に頑張るだけです」

「その心意気には感心するが――無駄だ。これまでのやり方では潰れる。賭けてもいい」

「……っ」

きっぱりと断言されて息を呑む。

雅人はひとりひとりの目を見据え、低く通る声で宣言した。

「俺がオーナーになった以上容赦なくやる。赤字の止血が最優先だ。今日から一週間、視察も兼ねてここに泊まる。その間立て直しに向けた課題を徹底的に洗い出すぞ」

「承知しました。よろしくお願いします」

日下に続き、轟も小さく一礼する。

それを見遣《みや》った雅人は「レストランには特に期待している」とつけ加えた。

「オーベルジュの根幹はうまい料理とうまいワインだ。根強いリピーターを獲得するにはそこに徹底して拘らなくてはいけない。幸い、この店の味には定評がある。それをとことん活用していく」

ターゲットとなる客の年齢層や家族構成、価値観などを独自の調査に基づいて設定するとともに、彼らに向けた新しいサービスをはじめると雅人は宣言する。その勢いに圧倒され、誰ひとり口を挟むこともできなかった。

シエルが変えられようとしている。

雅人の手によって、目に見えるところも、見えないところも、すべてが別のなにかになっていく。

漠然とした不安に煽られるまま、気づいた時には言葉が口を突いて出た。

「そんなつきっきりじゃなくても……その、普段のお仕事もあるでしょうし」

「仕事？」

雅人がわずかに眉を顰《ひそ》める。

けれどそれも一瞬のことで、すぐに「秘書に指示する」と斜め後ろの男性を目で指した。

「一ノ瀬《いちのせ》だ。俺について十一年になる。連絡はすべて彼に」

「成宮の秘書をしております、一ノ瀬湊《みなと》と申します。なにかございましたら私の方で調整させていただきます」

それまで影のように寄り添っていた男性が一礼する。

ぱっと見た感じでは年齢は雅人と同じくらいだろうか。一ノ瀬の方がだいぶ線が細く、声も高い。黒尽くめの格好に加え、細いシルバーフレームの眼鏡もまた彼を一層シャープに見せた。

雅人の秘書を十一年も務めたというのだからさぞや優秀な人なんだろう。にこりともせず、淡々とノートパソコンのキーを打っている姿からはどこか近寄りがたいものを感じた。

雅人も一ノ瀬も感情が読めない。この店をどう思っているか、わからないからなお恐《こわ》い。

「顔合わせはこんなものだな。さっそく手をつけるか」

雅人が椅子を立つ。

「どうぞこちらに。スタッフルームにご案内します」

日下に伴われレストランを出ていくふたりの背中が見えなくなるのを待って、周は大きなため息をついた。知らない間に身体中に力が入っていたらしい。深呼吸をした途端、首や肩の骨がポキポキと音を立てた。

「お疲れさん」

轟にポンと背中を叩かれる。

「ずいぶん顔が強張ってんな。緊張したのか？」

高埜にもからかわれ、笑い返したつもりが頬が引き攣《つ》ってしまった。

「それにしても日下さん、これから缶詰状態でしょうね」

嘆息する高埜に、轟も眉を顰める。

「通常業務と並行だからな。自分の責任だって根を詰めすぎなきゃいいが……」

「俺、なるべく日下さんの仕事も片づけます」

「俺もあいつの食事には気をつけておく」

「あ……」

そんなふたりのやり取りに改革ははじまったのだと思い知らされる。自分以外のメンバーは皆この状況を受け入れている。そう思った瞬間、得も言われぬ寂しさのようなものに襲われた。

「ふたりはいいんですか」

「周？」

「高埜さん、嫌じゃないんですか。轟さんもいいんですか」

ふたりは一瞬「なんのことだ？」というように顔を見合わせる。

すぐに合点がいったのか、高埜が静かに首をふった。

「あの人を恨む気はないさ。それに、成宮さんがいなかったらまた路頭に迷ったかもしれないしな。今度は助けてもらう立場だし、ありがたい」

「俺も店はいくつか経験してきたが、料理人にとって大事なのは雇い主が誰かってことより、自分が作りたいものを作れるかどうかだ」

戸惑うばかりの後輩を励まそうとしてくれているんだろうか、轟もそう言ってニヤリと笑う。

「コーヒーひとつにあんだけ詳しかったら逆に興味湧くよな。料理のし甲斐《がい》もあるってもんだ」

「そう……、ですか」

言葉が喉の奥に引っかかり、それ以上は出てこなかった。

店だけでなく、大切な人たちまで取り上げられてしまった気分だ。ひとりで置いていかれるようで心細くてたまらない。

「周、おまえはどう思う?」

だから高埜に訊ねられても、答えることもごまかすこともできずに、ただ唇を嚙むしかなかった。なんて言ったら今の気持ちを伝えられるのかわからなくて。

そうしている間に横から腕が伸びてきて、高埜にそっと引き寄せられた。

「悪かった。無理すんな。頭を切り替えるには時間がかかることだってある」

「高埜さん」

「こういう時だ。甘えていい」

やさしい笑顔を見ているうちに、少しだけ気持ちがほっとなる。頬がゆるんだのがわかったのか、轟にも髪をぐしゃぐしゃとかき混ぜられた。

「うちの柴犬はこう見えていろいろ気にするからなぁ」

「こう見えてってなんですか」

「元気なのが取り柄だろ。普段は俺のこと顎で使うくせに」

「そっ、そんなことしませんってば」

ぶんぶんと首をふる横で轟と高埜が揃って笑う。はじめは唇を尖《とが》らせていた周も、見ているうちについついつられて笑ってしまった。

働き方が変わっても、仲間はこれからも変わらない。そう背中を押してもらった思いがした。

「……おれ、頑張りますね」

自分に言い聞かせるつもりで轟と高埜を交互に見上げる。

そんな周に応えるように、ふたりも力強く頷いた。

＊

翌朝から雅人の視察がはじまった。

これまで二度シエルを訪れたことがあるという彼は、勝手知ったる様子で広い庭を闊歩《かっぽ》している。てっきり日下や高埜がつきっきりで案内すると思っていたからその行動力は少し意外だった。

一応日下もついてはいるものの、訊ねられたことに対して答える程度だ。シエルの買収を検討した時点で徹底的に調べていたのだろう、雅人の質問はどれも鋭く、的を射ているものばかりだった。

――頭の回転が速い人なんだろうな。

こっそりふたりの後を追いかけながら周は心の中でひとりごちる。会話を盗み聞きしていることに少なからず良心が痛んだが、これは仕事だ、今後のシエルのためなんだと己を鼓舞した。

結局、昨夜はあまり眠れなかった。

よく知らない人のことを考えたところで詮ない話だとわかっていても、気がつくと堂々巡りをくり返していて、やっとうとうとした頃には夜が明けていた。厨房で仕込みをしていてもそれは同じで、悶々とするのを見かねた轟に「休憩に行ってこい」と出してもらったのだ。

だから、しばらく外の空気を吸ったら戻るつもりでいたのだけれど。

偶然にも庭を歩いている雅人たちを見かけ、条件反射でついてきてしまった。そして洩《も》れ聞こえる会話に耳を傾けるうちに彼にとってこれが三度目の来訪であることを知った。

二度に渡る下調べは徹底調査の一環かもしれない。

それならどうして、肝心の料理はチェックしなかったんだろう。

あれだけ印象的な男だ。一度でもレストランを訪れていたら高埜が忘れるはずがない。かといって、自分の目と舌でレベルを確認しないまま雅人が買収に踏みきるとも思えないのだけれど。

そんなことをつらつらと考えながら、数メートル先を歩く広い背中を見上げる。

それにしても背の高い人だ。隣にいる日下が小さく見える。自分など背伸びしても届かない日下の、そのさらに上にある視界からはいったいどんな景色が見えるんだろうと想像してしまいそうになり、周は慌てて頭をふっておかしな考えを追い出した。

——なにやってんだろ、おれ……。

げんなりしている周をよそに、ひととおり庭を見終えた雅人はホテルの方へと足を向ける。

シエルでは、ランチやディナーだけの客も利用しやすいよう敷地に入ってすぐレストランがあり、その奥がホテルになっている。一階がスタッフ用、二階から上がゲスト用だ。

なんとなくここまでついて来てしまったけれど、そろそろ頃合いだろうと周は踵を返して厨房へと戻った。

「休憩ありがとうございました」

「おう。少しはすっきりしたか」

轟に頭を下げ、すぐさま調理に取りかかる。そろそろ賄《まかな》いを作りはじめないと、腹が減ったと高埜あたりに騒がれるはずだ。

レストランのメニューはシェフである轟が決めるが、賄いは勉強も兼ねて周に任せてもらっている。

そのおかげでアイディアを気軽に試すことができるし、うまくいけば、アレンジを加えてメニューに採用されることもあった。

たかが賄い、されど賄いだ。表に出ないものでも気は抜けない。

夢中で野菜を洗っているうちにもやもやしていたものがすうっとどこかへ消えていく。すっきりとした気分でフライパンに手を伸ばした時だった。

低い話し声とともに厨房の扉が開く。

「え？」

雅人だった。その後ろには日下だけでなく、一ノ瀬もいる。いくら視察といっても厨房の中までは入ってこないだろうと思っていたので驚いた。

その場で固まる周とは対照的に、轟が自然に雅人を迎える。

「厨房もご覧になりますか」

「あぁ。すべて把握しておきたい」

雅人は頷くなり、ためらいもなく中に入ってきた。

新しいオーナーは年上相手であっても常に一段上からものを言う。不遜《ふそん》とも思えるその態度に、忘れかけていたもやっとしたものが甦った。

――いくら買収したからって……。

こういうものなんだろうか。オーナーというのはそれほど絶対的な存在なんだろうか。

悶々とする周をよそに、雅人はシンクやレンジ、グリドルにガスオーブン、ホットテーブルにコールドテーブルと順に見ていく。視察は冷蔵庫の中や、果ては食材置き場にまで及んだ。

「作業動線は理解した。サービスはどうなっている？」

その一言に、今度は日下が皿を取ってホールに運ぶまでの動線を説明する。轟とともに実際に動いてみせるのを注意深く観察した雅人は、あらためて厨房をぐるりと見回した。

「サービステーブルの上にある、それ……」

「サラマンダーです」

「そう。たとえばそれだ。一方からしか皿が取れない構造は人の流れを堰《せ》き止める。作る人間と運ぶ人間の動線が交わるのもよくない。改善の余地がありそうだ」

「そこまでやりにくくはないですけどね」

轟が肩を竦めて日下を見る。阿吽《あうん》の呼吸で動いているふたりなら周から見ても問題ないように思うし、これまでも特に不自由したことはなかった。

けれど、雅人はノーと言う。

「今までは問題なかったかもしれない。だが、これからは常時二十席のオーダーをこなすのが目標だ。ランチ時には客を回転させて採算性を上げたい。軽く見積もっても今の三倍――――対応するには策が必要だと思わないか」

提示された数にごくりと喉が鳴った。求められる次元が違う。

唖然《あぜん》とする周などお構いなしに、雅人は腕時計に目を落とし嘆息した。

「こんな時間か。仕事を再開してくれ」

そうは言ったくせに一向に立ち去る気配もない。どうやら調理の様子も視察するらしいとわかり、思わず顔を顰めてしまった。

――嘘だろ？

工程自体も評価の対象になるコンクールとは訳が違う。これじゃ無言のプレッシャーをかけられているようなものじゃないか。

「これからなにを？」

困惑しているところを構わず話しかけられ、ムッとなった。

「……賄いの準備をします」

「きみが作るのか」

「そういう分担ですから」

つっけんどんな受け答えだったにも拘わらず、雅人には気にするそぶりもない。

「動線は把握済だ。気にせずやってくれ」

「いやでも、そんなこと言われても……」

「きみの調理は特に見ておきたいんだ」

「え？」

――どういう意味だろう……？

反応に困る周をよそに、長居を決めこんだらしい雅人は近くの壁に凭《もた》れかかった。ゆったりと腕を組み、周の頭の天辺《てっぺん》から足の先まで値踏みするように見下ろしてくる。見張っていないと心配とでも思っているんだろうか。

――おっと、いけない。

つい頭の中で勝手な想像を膨らませてしまいそうになり、周は大きく息を吸いこんで余計な考えを追い出した。

どうしても作るところを見ると言うならしかたない。できるだけ気持ちをフラットに戻して、今は賄いに気持ちを集中させよう。壁掛け鏡の中の自分に心の中で言い聞かせると、周は目の前のことに意識を向けていった。

今日の賄いはクレソンのグリーンリゾットだ。

その上に、カダイフと呼ばれる、トウモロコシと小麦粉からできた細い糸状の食材を揚げたものを添える。シンプルだが奥行きのある味わいと食感の違いを楽しんでほしいと、以前からアイディアをあたためていた。

まさか、新しいオーナーの前で披露することになるとは思ってもいなかったけれど。

思わず心の中でひとりごちる。はじめは意識してしまった雅人の視線も、料理に夢中になるうちにいつしか気にならなくなっていった。

炒《いた》めた米に少しずつフォンを加え、出汁のうまみをたっぷりと吸わせる。そこにピューレ状にしたクレソンを合わせ、ざっくりと混ぜれば目にも鮮やかなグリーンのリゾットができ上がった。

それを真っ白な皿に盛り、パリパリに揚げたカダイフを載せる。一番上にセルフィーユをあしらえば完成だ。その場で見守っていた日下と、タイミングよく顔を見せた高埜によって、六人分の賄いが手際よく運ばれていった。

かくして全員がレストランに集合する。いつもはスタッフ四人で和気藹々《あいあい》と囲んでいるテーブルも、今日からは雅人たちが加わるせいか、どことなく緊張感が漂っているように感じられた。

「いただこう」

雅人の言葉で皆がカトラリーを取り上げる。

リゾットを矯《た》めつ眇めつした後で一匙《ひとさじ》掬《すく》う雅人を見ながら、周は心の中で小さなため息をついた。厨房の動線にすら注文をつけたような人だ。賄いにも容赦なく指摘が入るに違いない。「悪くない」ならまだいい方で、最悪は「食えたもんじゃない」と突っ返されることも覚悟しておかなければ。

暗い気持ちになりそうなのをこらえ、周も昼食を口に運んだ。

パリッとしたカダイフにリゾットがとろりと絡んで我ながらとてもおいしい。これならクレソンが苦手な人でも食べやすいだろうし、風味が気になるようならもう少しチーズを多めにしてもいいかもしれない。

そんなことを考えていると、視界の端で雅人が手を止めるのが見えた。

いよいよだ。ジャッジされる時が来たのだ。

雅人は余韻を味わうように目を閉じ、ゆっくりと喉を上下させる。どんな判断が下されるのか食い入るように見つめる周の前で、彼は静かに瞼《まぶた》を開いた。

「うまい」

自分の言葉に確信を得たように頷くと、もう一口、二口と忙《せわ》しなくスプーンを口に運ぶ。そうしてあっという間に皿を平らげ、雅人は満足そうに嘆息した。

目の前の光景が予想とはあまりに違って、つい茫然《ぼうぜん》としてしまう。一同が呆気《あっけ》に取られる中、彼の隣にいた一ノ瀬が「リゾットには目がないのです」と肩を竦めた。

「今までいろいろ食べてきたが、一番うまかった」

「でもこれ、ただの賄いですけど……」

さっきの食べっぷりを見ればその言葉に嘘はないとわかるのだけれど、それにしたって褒めすぎだ。

一応言ってはみたが雅人は頑として譲らなかった。

「賄いだろうと料理は料理だ」

「はぁ」

確かに、それはそうだけど。

好物が出たのがそんなにうれしかったんだろうか。まったくの偶然だったとは言いにくい雰囲気だ。

でも、もしそれがほんとうなら、目の前で料理しているところを見て彼も昂奮《こうふん》したのかもしれない。

――変わった人。


徹底的にやると宣言した時は血も涙もない人かと思ったのに、こんなことでよろこぶなんて。

摑《つか》みどころのなさに戸惑いつつも、周はスプーンを持ち直すのだった。


食後はミーティングのため、全員でスタッフルームに移動した。

「まずは、徹底した経費削減と効率化を行う」

きっぱりと宣言した雅人は、これまでの調査結果と、視察で得た情報をもとに現状の課題について話しはじめる。

「箱根は都心からアクセスしやすい。それでいて自然豊かで、旬の食材が豊富なところにも地の利がある。だがその反面、都内のホテルとは比べものにならないコストが発生しているのも事実だ」

単刀直入に指摘され、日下が顔を曇らせた。

たとえば調理器具の定期メンテナンスにしても、ホテルの外装クリーニングにしても、運搬費や往復の出張費はバカにできない。都内なら半日で終わることもここでは二、三日かかってしまう。そのため予備の備品を多く持つことになり、結果として経費は嵩《かさ》み、保管の手間がかかるのだ。

それは食材についても同様のことが言えた。

三島《みしま》の野菜や山梨《やまなし》の果物、相模《さがみ》湾の鮮魚に丹沢《たんざわ》のジビエと一年を通して旬の素材に恵まれてはいる

ものの、それ以外の食材を取り寄せる輸送費が存外かかる。単純に代金に上乗せすれば客足は遠退《とおの》くだろうし、周辺施設とも比較される。

シエルはもともと、こぢんまりとした施設で、きめ細やかなサービスを提供したくてはじめた店だ。規模で単価をカバーしたり、高級路線で売るわけではない。そこにどうしてもジレンマがあった。

「元オーナーとして、商才がなかったと反省するばかりです」

頭を下げる日下に、雅人は静かに首をふった。

「こんな店はいくらでもある」

「頑張りましょうよ、日下さん。どうにもならなくなる前に手が打ててよかったじゃないですか」

高埜が人好きのする顔でにっこり笑う。轟も無言で日下の背中をポンと叩いた。

雅人は一同を見回し、落ち着いた声で告げる。

「現状を把握したい。銀行からの融資と返済について状況をまとめてくれ。それから、ホテルの予備を含めたすべての資産のリストアップを」

「それなら僕が」

日下が手を挙げる。

「電話の応対や送迎といった無形業務の内容は誰に？」

「俺がやります」

今度は高埜が名乗り出た。

「これからは、オンラインでできることはそちらに移行させる。仕事を持つ共働き世代には、日中の電話でのやり取りはできるだけない方がいいだろう」

　ネットの活用は以前自分たちの間でも話題に上がったことがある。とはいえなかなか手が回らず、詳しい人間もいないしで、なんとなく今に至っていた。

「送迎についても改善の余地は多分にある」

「ですが、立地的にはどうしても……」

「必要なのはわかっている。やめさせようというわけじゃない。だが、燃費を考えたことはあるか？給油も都度あちこちで入れているのだとしたら見直しが必要だ」

　改善案として試算を示され、高埜がぐっと前のめりになる。後ろから覗きこんだ周も正直驚いた。塵《ちり》も積もればなんとやら、実際こんなに違うとは思わなかった。

　雅人はいよいよ黙って話を聞いていた轟に向き直る。

「シェフからは、過去一ヶ月分の原価計算表をいただきたい。食材の仕入れ価格と光熱費、人件費、在庫管理費、廃棄分も含めてレストランがどの程度の利益を上げていたかを正確に把握したい」

　その言葉に、轟が「うっ」と言葉を呑んだ。

　シェフという仕事には様々なことが求められるが、最も大切なのは料理がどれくらい利益を出せるかという経営的な視点だ。フィールドプレーを好む彼にとっては最も苦手な分野でもある。提出まで少し時間をもらえることになったようで、轟はほっとした様子で胸を撫で下ろした。

「そしてこれは、俺からの提案だが……」

雅人が再び口を開いたのと同時に、一ノ瀬からレジュメを手渡される。どうやら企画書のようだ。表紙に書かれた『美食クラブ』の文字に周は弾かれたように顔を上げた。

「これ」

目が合った雅人から挑むように見つめ返される。まるで「できるか」と問われているかのようだ。摑みどころのない人と戸惑っていたことも忘れて周は漆黒の双眼を見つめ返した。

自分にとって料理はすべてだ。新しい場ができるというならただ全力を尽くすまで。

見つめ合った時間は実際には五秒にも満たないものだったのだろうけれど、体感的には一分にも、それ以上にも長く思えた。

雅人が静かに口を開く。

「今すぐホテルをいっぱいにするような魔法はない。だが、レストランに来る客はリピーターになる可能性がある。シーズンごとの催しをやってもいいが、季節の料理なら既に出しているはずだ。近隣施設と組んで大がかりなイベントをやる余裕もない——そこで、味にうるさい食通たちに広告塔になってもらおうと思う」

「広告塔……？」

思わずというように呟いた日下に、そこから先は一ノ瀬が説明をはじめた。

「ランチタイムの収入増を目的として立ち上げる、会員制のサークルのようなものです」

年会費を払った会員に隔月で特別な料理を提供する。美食家を自認する人間はとにかく食に貪欲で、これと認めたもののためなら二ヶ月に一度、箱根に通うことも厭《いと》わないだろうとの見立てだそうだ。

もちろん、料理を食べてもらうだけが目的ではない。クラブレポートとして評判を広く知らしめ、プロモーションに大いに活用させてもらうのだ。食通を唸《うな》らせたとなればクラブ自体も盛り上がるだろうし、自分も食べてみたいと一般客も増えるだろう。相乗効果はありそうに思うが、ひとつ決定的な課題があった。

「どうやってお客さんを集めれば……」

宣伝力の不足もさることながら、美食家と呼ばれる人たちに伝手《つて》のひとつもない。

思いきり不安が顔に出ていたのだろう、一ノ瀬が「ご安心を」と頷いた。

「試してみなければわからない価値というものもございますから」

なんと初回は完全招待制で、いずれも食に一家言《いっかげん》を持つ人々に招待状を送るのだそうだ。

財団や大手企業が主催するコンクールに『協賛』という形でこれまで何度か参加する機会のあった雅人が、そこでの人脈を活かして人選するのだという。財閥というバックグラウンドを持つ彼ならではの発想に驚かされた。

「食に関してはうるさい連中だが、その分率直な意見も聞けるだろう。気に入ってもらえたら正式な参加を打診するつもりだ」

雅人が淡々とつけ加える。

つまりこれは、大金を賭けた勝負なのだ。食べる側と作る側の真剣勝負。同時に、賭けに打って出た雅人と料理人との勝負でもある。そう思ったら身体がぶるっとふるえた。

「どうした。不安か」

「武者震いです」

怖《お》じ気《け》づいたと思われないように、せめてものプライドで両足を踏ん張る。それを見ても漆黒の双眼はチラとも動かず、そこに感情のようなものは読み取れなかった。

彼の方こそ不安はないんだろうか。

あるいは、期待のようなものも。

プレッシャーすらかけてこない雅人がなにを考えているのか、まるでわからない。うまく言えないもやもやとしたものが澱《おり》のように溜《た》まっていくのを周はただぼんやりと感じていた。

「――質問がなければ以上だ」

低い声に、はっと我に返る。

轟はと見ると、雅人に呼び止められたようだったので一足先に部屋を出た。厨房までの道すがら、なにげない話でもして気持ちを切り替えられればと思ったのだけれど。

渡り廊下を歩きながら、ふと思いついて裏庭へと足を向ける。気分転換に散歩する時は正面の庭にばかり行っていたからこちらは久しぶりだ。やわらかな土の感触にほっとすると同時に、思っていた以上に気を張っていたことに気づかされた。

「はぁ……」

元気なのが売りなのに、今はため息しか出てこない。その場にしゃがみこんだ周は、プランターのローズマリーを指先でつつきながら先ほどのことを思い返した。

正直、混乱している。

雅人の手腕があまりに鮮やかだったからだ。まるで当事者であるかのように細かい綻びを見逃さず、的確に突いてくる。そうやって指摘されてはじめて、そこに穴があったことに気づかされたほどだ。

——ビジネスは観察の上に成り立つロジックだ。

あの宣言は伊達《だて》ではない。まさに彼が言ったとおりだった。

「経営って、ああいうことの積み重ねなんだな」

自分にはとてもできない。

同時に、これまでシエルを背負ってきた日下の影の努力を思った。

「透くん……」

コンシェルジュとしての力はあっても、彼は経営のプロではない。それでも夢を追い続けるために奮闘する姿をずっと見てきた。

無事にオープンの日を迎えるまで彼がどれだけ奔走したか、近くにいたからよくわかる。轟を誘い、周に声をかけ、三人ではじめたものの人手が足らず、そこに高埜が加わってやっと今の形になった。

四人で泣き笑いしながら頑張ってきたという自負もある。

だから、どうしても気持ちがついてこない。

シエルがシエルでなくなってしまうのが恐い。

――支え続けてくれた皆の生活を守る方がもっと大事だと思ったから。

脳裏を過った日下の言葉に思わず首をふってしまいそうになる。

――潰れてからでは遅いんだ。

けれどすぐ、頭の中に雅人の一喝が甦った。

雇用を継続するため、生活を維持するため、なにより店を存続させるためには雅人の力が必要だ。

頭ではそれがわかっているのに抵抗感が否めない。そのせいでつっけんどんな態度を取ってしまい、そんな自分をふり返るたびに自己嫌悪に陥った。

「おれ、どうすればいいいんだよ……」

このままじゃ前に進めない。

けれど、後ろに下がることもできない。

途方に暮れたまま、膝に顔を埋《うず》めるしかなかった。


シエル起死回生の秘策として、周たちは美食クラブで出す料理の試作に取り組むことになった。

本心を言えば複雑なままだ。ため息の多くなった周を日下は心配してくれたし、轟や高埜も冗談を言ったり、なにかにつけて気にかけてくれたものの、現状を受け入れ、既に前を向いた三人に子供のような愚痴を聞かせるのは憚《はばか》られて結局誰にも相談できないまま仕事に忙殺されるしかなかった。

ディナーの片づけが終わった後が唯一捻出できる試作の時間だ。

いつもなら轟とふたりでああだこうだと楽しく奮闘するところだが、今夜はそこに雅人の姿がある。まだまだアイディアを広げる段階ではあったものの、この時点で一度オーナーズコメントをもらっておいた方がいいと轟が声をかけたのだ。

雅人は、轟が説明するメニュー案に注意深く聞き入っている。食材の仕入れルートや採算性、調理時間について細かく確認するふたりの横で、周は手早く魚料理であるポワソンを仕上げた。

試作というのはあくまでバランスを見るためのものなので、量も少なければ盛りつけもまだ仮だ。店に出すまでには大抵何度も試行錯誤を重ねる。手元に鋭い視線が注がれているのを感じながら周はソテーにぐるりとソースをかけた。

――さぁ、なんて言われるか。

個人的な好き嫌いで判断しないと思いたいけれど、雅人は料理人ではない。ましてやアイディアを手探りしているような段階だ。適当にあしらわれてしまうかもしれない。

不安を抱きつつ、立ったままの雅人に皿を差し出す。

「これは？」

「ズッキーニとカジキマグロのファルスです。ソースにはオレンジを」

ミンチにしたカジキマグロに塩胡椒と大蒜《にんにく》、香りづけのセルフィーユを加え、そこに小麦粉と粗めに砕いたアーモンドを混ぜる。でき上がったタネを縦半分に切って種を除いたズッキーニに挟み、グリルしている間にソースを作った。

オレンジソースは果汁にオリーブオイルを混ぜて乳化させ、大蒜やケッパー、香草、アンチョビを加えたところに卸し金で削ったオレンジの皮を入れれば完成だ。焼けたズッキーニを食べやすい大きさに切って皿に盛り、ソースを回しかければでき上がる。雅人が聞きたそうにしていたので作り方も解説した。

ホットテーブルに置かれた皿を注意深く観察した雅人は、立ったまま試作を口に運ぶ。だが、その顔が一瞬曇ったのを轟も周も見逃さなかった。

「オレンジが少しくどいな」

続いて試食した轟も「確かに……」と頷く。目で促され、周も慎重に口に入れた。

噛んだ途端、焼けたズッキーニの香ばしさ、カジキマグロの肉汁、そしてオレンジの甘さが混ざり合う。それぞれは悪くないのだけれど、どうもバラバラというか、三者三様に主張しているように思えた。特にオレンジは爽やかさを加えているようで、調和をちぐはぐなものにしてしまっている。

「悪くはない。全体のバランスがまだうまく取れていないだけだ」

雅人はもう一口、今度は目を閉じてゆっくりと味わう。全神経を舌に集中しているのがわかる鋭い表情だ。料理人でもないのにそんな顔をする人がいることに驚いた。

——あんなふうに、真剣に食べるんだな……。

全身全霊で向き合われているようで不思議な気分だ。美食クラブの話が出た時は自分たちに対して不安も期待も、なんのリアクションもなかったのに。

けれどよくよく思い出してみれば、賄いを食べている時の彼も同じだ。たとえそれがレストランで出される正式なメニューでなかったとしても蔑《ないがし》ろにすることは決してない。

——不思議な人だ。

上から指示を出している時とは違う。まるで、同じ目線で前を向いているようで……。

「きみはどう思った」

唐突に話しかけられ、我に返る。顔を上げれば轟もこちらを見ていた。そんなにぼんやりしていただろうか。

あらためて気を引き締めた周は、舌に残った印象を思い出しながら口を開いた。

「オレンジもそうですが、全体的に……たとえばこのズッキーニも、もう少し瑞々《みずみず》しさを残す食材の方がいいのかな、と」

「たとえば？」

「胡瓜《きゅうり》…、とか」

そう言った途端、雅人が「胡瓜？」と怪訝《けげん》な顔をする。

「焼くのか」

「食べたことないですか？　おいしいですよ」

経験のない人からは大抵驚かれるのだが、胡瓜はオーブンで焼いたり、炒めたりしてもおいしい。特に地元の胡瓜は香りもよく、カジキマグロとの相性も抜群だろう。

「それならミンチにもう少し癖があってもいいな」

すかさず轟も乗ってくる。

「アーモンドをピスタチオに変えて、風味に奥行きを持たせるのはどうでしょう？」

「ピスタチオか」

「はい。粗めに砕いて入れるんです。輸入品を使うことにはなりますが……」

コストが心配で窺うように轟の顔をチラと見ると、すぐに「そろばん弾いてやるよ」と笑われた。

提案を気に入ってくれた証拠だ。

「これでどうまとまるかだな。心配なのはソースだ」

「柑橘類《かんきつ》、他にもいろいろ仕入れましたよね」

「夏蜜柑《なつみかん》がある」

「それです」

ピンと来た。こんな時、勘は絶対に外れない。

すぐさま夏蜜柑の皮を剝く。薄皮を取るのももどかしく房のまま轟に差し出すと、口に放りこんだシェフがニヤリと笑った。

「いい酸味だ」

周たちも続いて味を見る。爽やかで、キレのある甘酸っぱさだ。これならぴったりかもしれない。

すぐさま試作のリトライがはじまった。

時計の針はもうすぐ日付を跨《また》ごうとしていたが、不思議と疲れは感じない。気持ちが高揚しているせいかもしれない。どんなに料理バカと言われようと、こうして試行錯誤する時間がなにより好きだ。

これだから料理は楽しい。やめられない。

これまでいろいろなものを作ってきたけれど、時々こんなふうに「これだ」というものに出会う。試食する前から「いける」と確信するのだ。そしてその勘は、今まで一度も外れたことがなかった。

でき上がったものを三人同時に口に入れる。

その瞬間、周は思わず手を打った。

「そう、これ！」

さっきのものとは全然違う。素材が互いに響き合い、パズルのピースが嵌《は》まったようにまとまった。

達成感のあまりガッツポーズまで決めてしまい、それを見た轟に笑われる。

少し遅れて雅人がゆっくりと目を開いた。

「よくなった。……というか、まるで別ものだ」

「成宮さん」

「きみらしい味だった」

「……え？」

意外な言葉だ。彼がシエルに来て、まだいくらも経っていないのに。

首を傾《かし》げていると、控えめなノックに続いて日下が顔を覗かせた。

「遅くまでお疲れさまです。お邪魔してすみませんが、轟さん、ちょっと……」

「あぁ。どうした？」

轟がそちらに歩み寄る。

人のことは言えないけれど、こんな時間でもまだ働いているなんて日下もあいかわらず忙しそうだ。なにか急いで確認したいことがあったんだろう。二、三言葉を交わした轟は、立ち話では済まないと判断したのか、雅人に軽く頭を下げ揃って厨房を出ていった。

ドアが閉まるなり、シンとした空気に包まれる。

昂《たかぶ》っていた気持ちが鎮《しず》まるにつれ、雅人とふたりきりという現実をひしひしと感じた。気まずくなる前に片づけに入った方がいい。そう思って食器に手を伸ばした周は、そこではじめて、雅人の皿がソースまできれいに平らげられていることに気がついた。

彼は食事を残さない。

けれどこれはただの試作だ。似たようなものを何度も作るし、全部食べていては胃が靠《もた》れてしまう。

「残してよかったのに」

呟いたのが聞こえたのか、雅人はきっぱりと首をふった。

「真剣勝負の結果を雑に扱うわけにはいかない」

「え？」

あまりに思いがけない言葉に目が丸くなるのが自分でもわかる。雅人からすれば、味見ができればそれでいいはずなのに。

――真剣勝負、だなんて……。

「意外そうな顔だな」

「そう、ですね」

「否定はしないのか」

「嘘をつくのは苦手なので」

思ったことは顔に出るし、ごまかそうとしても声に出る。これまで一度も成功したことがない上になにより自分が気持ち悪い。

そう言うと、雅人はなぜかふっと頬をゆるめた。

――わ…、笑った……!?

見間違いだろうかとコックコートの袖でゴシゴシ目を擦《こす》る。

もう一度見上げた時にはすっかり元の表情に戻っていて、やはり目の錯覚だったんだと思い直した。

この冷血漢が笑うわけがない。ましてや周のことなんかで。

気持ちを切り替えるべく、ゆっくりと深呼吸をする。

けれど告げられたのは思いがけない言葉だった。

「最高の一皿を作り出すために試行錯誤した結果だ。それを疎《おろそ》かにするということは、料理に対する冒瀆《ぼうとく》だけでなく、料理人への非礼にも当たる」

弾かれたように顔を上げる。雅人の表情は真剣で、とても冗談を言っているようには見えない。

「人間性というものはすべての事象に表われる。人前でしかきちんとせず、人の目のないところではいい加減にふるまう人間をどうして信用することができるだろう。レストランで出すものも、賄いも、試作であっても俺の中では皆等しい。誠意には誠意で応えるつもりだ」

「成宮さん……」

驚いた。言葉もなかった。どうしてそんなふうに思えるんだろう。

考えていることが顔に出ていたのか、雅人が一度ゆっくりと頷いた。

「きみが作るものはとても誠実だ。裏表がない。嘘をつけないと言うのを聞いてなるほどと思った。俺は料理の詳しいことはわからないが、人を見る目だけはあるつもりだ」

「あ、あの……あの、どうしたんですか。急にそんなこと言い出すなんて」

「きみは尊敬に値する料理人だと言いたいだけだ」

「――……っ」

手放しに褒められて頭がぐらぐらする。なにか言わなければと思うのに言葉が出ず、ぱくぱくと口を開けたり閉めたりした後で両手で顔を覆って俯《うつむ》いた。

雅人にはシエルの経営を立て直すことに興味はあっても、そこで働くスタッフになどなんの関心もないと勝手に思っていた。彼が自分たちをどう思っているかなんてこれまで知る機会もなかったし、また考え及びもしなかった。

——きみは、尊敬に値する料理人だ。

その言葉を反芻《はんすう》しただけで胸の奥が熱くなる。息を吸いこむごとに痺《しび》れはゆるやかな疼《うず》きに変わり、身体中に広がっていった。ドクドクと心臓が早鐘を打っている。

——なんだ、これ……。

訳もわからずコックコートの上から胸を押さえた時だ。

「どうした」

急に顔を覗きこまれ、思わず「わっ」と声が出た。それを無理やりごまかそうとして、考えるより先に言葉が口を突いて出る。

「成宮さんって、誰にでもそういうこと言うんですか」

ぽろっと言ってしまってから「しまった」と思ってももう遅い。

「だ、だってほら、会ったばっかりですし、俺の方がずっと年下だし……」

慌てて取り繕おうとするのを見てなにか思うところがあったのか、雅人は「あぁ」と頷いた。

「尊敬と言ったからだな。年下扱いしないことが不満か」

「え？　いえ…、そういうわけじゃないんですけど……。うーん、でもなんでだろう？」

あらためて訊かれると我ながら困ってしまう。自分で言っておきながら首を捻《ひね》る周がおかしかったのか、雅人はクックッと喉を鳴らした。

「変わったやつだ」

自分が彼に対して思ったのと同じことを思われている。言われる側になるなんて、ちょっと納得がいかないけれど。

「年齢を気にするなら言っておくが、俺は今年で三十五だ。きみは確か十ほど年下だったな」

「年は知ってるのに、おれの名前は覚えてないんですね」

だからせめてもの仕返しとばかりにチクリとやると、雅人は一瞬目を瞠《みは》った後で噴き出した。

「なるほど、これは一本取られた。……伊吹くんだろう。伊吹周くん」

はじめて名を呼ばれ、思わずドキッとなった。

――え……？

日下や轟にならいくら「周」と呼ばれてもなんともないのに、どうして相手が雅人になった途端にこんなにドキドキするんだろう。まるで自分が自分じゃないみたいだ。

「か、片づけますね」

声を上擦らせながら大急ぎで空の皿を重ねる。まだなにか言いたそうな視線を背中に感じつつも、周は無理やり食器を洗うことに専念した。

――なんだよ。なんなんだよ、もうっ。

まったく恥ずかしいったらない。いくらなんでもふり回されすぎだ。

肩越しにチラとふり返ると、雅人は興味深そうにサラマンダーを覗きこんでいた。

ある日突然乗りこんできて、これまでのやり方をガラリと変える雅人のことを冷血漢とさえ思っていたのに、話せば話すほどその印象が変わっていく。それは料理への真摯《しんし》な態度であったり、惜しげもない言葉であったり、鉄仮面の下に隠した笑顔だったりした。

――もしかして、思ってたほど悪い人じゃないのかも……？

悔しいけれど頬が熱い。

なんとも不思議な気分だった。

＊

次の日の夜。

日下が業者との打ち合わせで留守にするため、ディナーの給仕は高埜ひとりで行うことになった。

これまでもこういったことは何度かあったし、予約客の数もそう多くない。余程のことがなければなんとかなるだろうとスタッフ誰もが思っていた。

だが、オードブルを出したあたりから厨房に戻るタイミングが遅れはじめる。

客との会話が弾んでいるにしても、料理を出すことを彼が疎かにするとは思えない。どうしたんだろうと轟と顔を見合わせたちょうどその時、通用口の扉が開いて高埜が厨房に入ってきた。

「高埜さん、なんかありました？」

思わず声をかけたものの、高埜はスープ皿を腕に乗せながら苦笑するばかりだ。

「うん？　なんにも？」

そう言ってすぐにホールに戻っていったものの、やっぱり気になる。もしかしたらちょっと面倒なことになっているのかもしれない。

轟に目配せして厨房を出ると、周はそっと柱の陰から様子を窺う。

そこには案の定、客に絡まれる高埜の姿があった。

――やっぱり……。

滅多にSOSを出さない高埜のことだ。自分が収めるつもりでいるんだろう。

テーブルに着いているのはスーツ姿の男性ふたりだ。観光客には見えないから、ディナー目当てで来たんだろう。

男性たちは、この野菜はどこの農家と契約したものか、無人販売から持ってきたものじゃあるまいなと高埜を嘲笑している。そうかと思えば今度は、下処理の方法や調理の手順を根掘り葉掘り訊ねるなど、とても食事を楽しみに来たものとは思えない態度で好き勝手にふるまっていた。

――なんだよ、あれ……。

ただ笑いものにしたいだけじゃないか。

苛立《いらだ》つ周を煽るかのように、男たちはさらに声を大きくした。

「なんだ。そんなことも知らないのか。ギャルソンのレベルが知れるな」

「大変申し訳ございません」

「おまえじゃ話にならん。いいから作ったやつを呼んでこい」

「私が責任を持って厨房に確認して参りますので」

今轟を引っ張り出されたらディナーが止まる。だから高埜はこらえようとしてくれていたのだ。

深々と頭を下げる高埜の背中を見ていたらもう黙ってなんていられなくて、周は件《くだん》の客に向かって一直線にホールを横切った。

「本日はようこそおいでくださいました。お食事は楽しんでいただけていますでしょうか」

右手を胸に当て、ていねいに一礼する。シエルのスタッフたるもの、いかなる時でも誠意を持って接するようにと日下から仕込まれた応対術が役に立つ時がきた。

「な……」

自分たちで呼んだとはいえ、いきなり現れた料理人に男性たちは一瞬怯《ひる》む。

けれどふんと鼻を鳴らすなり、ジロジロと値踏みするように周を見た。

「楽しむもなにも、なにが入ってるかもわからない料理じゃ喉を通るわけがない」

「ご安心ください。こちらの前菜にはすべて箱根近郊で採れた有機野菜を使用しております」

「だからそれが心配だと言ってるんだ。このサヤエンドウは？　このラディッシュは？　箱根近郊のどこの農家の誰が作った？　この辺りでエディブルフラワーを作るやつはいないはずだが？」

いがらっぽい声がどんどん大きくなる。

周りの客がこちらを気にしているのを気配で察し、事を荒立てないよう周は慎重に言葉を選んだ。

「当店にご協力くださっている農家さんの中には、表立った取り引きをされないところもございます。そちらのご紹介はできかねますため何卒《なにとぞ》ご容赦いただきたくお願いいたします」

「ごまかすのか」

「お客様」

「だいたいこの前菜だって切って並べただけじゃないか。これならわざわざレストランに来なくとも誰だってできる」

「出どころ不明の食材。切って並べただけの前菜。どうりで答えられないわけだ」

もうひとりの小太りの男もバカにするように「はっ」と嗤《わら》う。

言い返してやりたいことは山のようにあったが、周は奥歯を噛んでそれをこらえた。

農家の中には大口取引をあえて避けるところもある。過去に急な提携打ち切りで大打撃を食らったことがあったり、安く買い叩かれるのを嫌がるなどそれぞれに事情があった。そんな農家を一軒一軒回っては頭を下げ、なんとか融通してもらった大切な食材だ。自分たちには信頼を守る義務がある。

――それだけじゃない。

手つかずの皿を見ているうちに沸々とした怒りがこみ上げる。

切って並べただけなどとよくも言えたものだ。それぞれの野菜を一番おいしく食べてもらえるよう、食材ごとに温度管理を徹底するほど轟が拘った一品だ。種類が増えるほど手間も増える。それでも、大切に作られた野菜だからこそ、口に入るその瞬間まで最善を尽くしたいとの思いからだった。

でも、それも無駄だろう。男性たちのオードブルは出されてから二十分は経っている。ジュレが崩れ落ちるのも時間の問題と思われた。

怒りのあまり黙りこんだ周を見て、男たちは勝ち誇ったようにニヤニヤと嗤う。

「もう終わりか？　結局なんの説明もしてもらえなかったが？」

「……っ」

これ以上は我慢ならんとばかり、高埜が一歩踏み出した時だ。

「お食事の最中に失礼いたします。オーナーの成宮と申します」

「成宮さん」

いつの間に現れたのか、雅人が客との間に割って入る。

オーナーまで出てくるとは思っていなかったのだろう、男性たちは驚いた様子で彼を見上げた。

――どうして……。

周もまた、信じられない思いで広いスーツの背中を見つめる。

一身に注目を浴びながら雅人は静かに口を開いた。

「当店では食の安全はもとより、お客様ひとりひとりに心から楽しんでいただくための料理を自信と誇りを持ってご提供させていただいております」

「そ、そこまで言うなら証拠を出してもらおうか」

「それなら、こちらに」

雅人はそう言ってテーブルの上の皿を手で示す。

「私どもの真心には一点の曇りもございません。お出しする料理で必ずやそれをお伝えすることができると自負しております。……もちろん、味わっていただければ、でございますが」

全員の視線が注がれる中、ジュレがとうとう崩れて落ちた。

「なんてふざけた店だ」

しゃがれ声の男性が椅子をガタガタいわせて立ち上がる。

「話にならん。食うまでもない」

「さようでございますか。もしお気が変わられることがありましたら、またいつでもお越しください。スタッフ一同、心よりお待ちいたしております」

決まり悪そうに舌打ちした男性は片割れを急《せ》かし、ふたりは騒々しく店を出ていった。

それをぽかんと見送った後で、周は店内が水を打ったように静まり返っていることに気づく。

雅人は客たちに向き直り、深々と頭を下げた。

「楽しいお食事の最中に大変申し訳ございませんでした。どうぞお続けください」

顔を上げた雅人に目配せされ、周と高埜も一礼の後、厨房に下がる。

ひとり鍋を揺すっていた轟は、戻ってきた三人を見てニヤリと口端を持ち上げた。

「おう。どうだった」

「お帰りになりました」

搔《か》い摘《つま》んで顚末《てんまつ》を説明するや、轟が噴き出す。

「笑いごとじゃないですよ、轟さん。あれでもせっかくのお客さんだったのに……」

「あれは客なんかじゃない。三倉《みくら》のスーシェフとオーナーだ」

「えっ」

涼しい顔でさらりと言われ、三人揃って雅人を見上げた。

三倉といえば、鳴りもの入りで仙石原《せんごくはら》にオープンしたばかりのオーベルジュだ。雅人がライバルと呼んでいたこともあり、その動向が気になっていたところだった。

「なんで顔知ってるんですか」

「情報収集はビジネスの基本だと言ったろう」

事前調査の段階で確認済だったらしい。これにはさすがとしか言いようがなかった。

「敵情視察ってやつですかね」

高埜が腕を組めば、轟も肩を竦める。

「そのわりに肝心の料理は食わずに帰ったんだろ？　ご苦労さんなこったな」

「もしかしたら、わざと騒ぎを起こしてうちの評判を落とそうとしたのかも……」

自分で言っていて恐くなる。

だとしたら、自分なんかが出ていったのは間違いだったかもしれない。あまりに頭にきて後先考えず飛び出してしまったけれど、ディナーを遅らせてでも轟を呼ぶか、あるいは最初から雅人に助けを請うべきだった。

あの時、雅人がいてくれなかったらと思うとぞっとする。皆が再建に向けて頑張っている時に自分が足を引っ張ることになったかもしれないのだ。

「すみません。おれ……」

自責の念に俯くと、雅人にポンと肩を叩かれた。

「人を貶《おとし》めようとする輩《やから》はどこにでもいる。気にしないことだ」

「成宮さん……」

もしかして、励ましてくれているんだろうか。

漆黒の目を見つめているうちに吸いこまれてしまいそうになる。言葉は淡々としていて、ふたりで話した時の熱のようなものは読み取れなかったけれど、その奥に雅人なりの思いが宿っているような気がした。

——私どもの真心には一片の曇りもございません。

まるで今の彼のようだ。料理人の思いを代弁してくれているようでうれしかった。

――ほんとに、そんなに悪い人じゃないのかも……。

変わったところは多分にあるけど。

ほっとしたせいもあってか、頬がゆるむ。なんだか照れくさくて視線を逃がすと、こちらを見ていたらしい高埜と目が合った。

わずかに眉を寄せ、苦いものを噛んだような顔をしている。騒動の発端になったことを気にしているんだろう。周の視線を追った雅人がそんな高埜と目を合わせた。

「きみもよくこらえてくれた。感謝する」

「いいえ。……俺はなにも」

高埜が複雑そうな顔で微笑《ほほえ》む。

それぞれの顔を見回した雅人は、気合いを入れ直すようにパンと手を叩いた。

「轟さん、一品増やしてグラニテを。お客様へのお詫《わ》びとしてお出ししたい」

「了解」

親指を立てる轟に頷き、雅人は高埜に向き直る。

「お詫びの言葉を添えてくれ。そして食事を楽しんでほしいと」

「わかりました」

最後に周を見た雅人は確信めいた顔で頷いた。

「さぁ、仕切り直しだ。とびきりうまいものを頼む」

「望むところです」

胸がわくわくと高鳴ってくる。

最高の一皿を作り出すべく、周は大きく息を吸いこむのだった。


翌日の昼の賄いにはキノコのクリームリゾットを作った。

昨夜のほんのお礼のつもりだ。そう言って出したわけではないけれど、周の意図を汲《く》み取ったのか、目の前に皿が置かれるなり雅人はこちらを見て目を細めた。

その瞬間、またもドキッとしてしまう。

名前を呼ばれた時に一度だけ見た表情だ。皆でいる時にはしたことがない。だから余計に落ち着かなくて、周はそそくさと目を逸《そ》らしながら席に着いた。

「いただこう」

雅人の合図で食事がはじまる。

彼は初日と同じように一口食べるなり「うまい」と頷いた。とにかくリゾットが好きなんだろう。

一ノ瀬が「目がない」と言っていたけれど言い得て妙だ。つやつやと輝くクリームリゾットを掬った雅人はしばらくそれを眺めていたものの、我慢できないとばかりに二口目を頬張った。

「米の芯の残り方がいい。あと少しやわらかくてもいけないが、これ以上硬くてもうまくない。絶妙なラインだ」

「毎回褒めなくてもいいですよ」

「うまいものをうまいと言ってなにが悪い。俺は嘘は言わない主義だ」

「だから余計困るんですってば……」

「ホールに出ていった時の威勢はどこへ？」

「ほっといてください」

周は照れくささをごまかすため、さも腹が減ったとばかりに賄いを掻きこむ。轟や日下にくすくす笑われたが背に腹は替えられない。

恨みがましく雅人を見れば、一ノ瀬になにやら耳打ちされている。

「ずいぶん楽しそうですね」

「そう見えるか」

うっかりそんなやり取りを聞き取ってしまい、余計にそわそわとさせられた。どうも調子が狂っていけない。周はなるべくそちらを見ないようにして黙々とスプーンを往復させた。

食事を終え、片づけを済ませた後は束の間の休憩だ。

庭でも散歩しようかと廊下を歩いていたところで、後ろから「周」と呼び止められた。

「あれ？　透くん、どっか行くの？」

さっきまでと違ってジャケットを羽織っている。

「うん。これからまた打ち合わせ」

聞けば、新しい業者を紹介してもらったらしく、挨拶を兼ねて顔合わせに行くのだそうだ。

「最近バタバタしてるみたいだけど、大丈夫？　疲れてない？」

「支配人として頑張りどころだからね」

余計な心配をかけまいとしているのか、頼もしくガッツポーズをしてみせた日下だったが、すぐにしおしおとこぶしを下ろした。

「……なのに、昨日は大事な時にいなくてごめんね」

レストランでの一件を帰ってから聞かされた彼は、支配人としての責任を感じていたらしい。

「もう。透くんはいろんなこと気にしすぎ。おれたちでなんとかするから大丈夫だって」

――実際なんとかしてくれたのは成宮さんだったけど……。

罵声から守るように立ちはだかった広い背中を思い出す。無条件にほっとしたことも。

落ち着いた周の顔を見て、日下はうれしそうにふふふと笑った。

「周、成宮さんとちょっとずつ打ち解けてきたね」

「えっ。な、なに言ってんの」

一瞬、頭の中を覗かれたのかとみっともなく狼狽《うろた》えてしまう。

はじめはにこにこしていた日下もしばらくすると表情を曇らせ、小さくため息をついた。

「ごめんね。苦労させて」

「透くん？」

「馴染もうとしてくれてるんだよね。オーナーが代わる件、周が一番ショックだったと思うから」

「……あ……」

その言葉に、胸の奥に押しこめていたものがじわっと染み出す。これも無意識の防衛本能というのだろうか、最近では考えることもなかったとこうなってみてはじめて気がついた。

店を続けるためにシエルは変わらなければいけない。

けれどそれは同時に、自分たちの思い出に区切りをつけることでもある。

既にオーナーは交代し、経営再建に向けて動き出しているにも拘わらず、自分だけが気持ちを整理できないままでいる。そのくせ料理を通して雅人と言葉を交わすたび、彼自身のことを知るたびに、気を許してしまいそうになる自分がいるのだ。

——あぁ、そうか……。

ようやくすとんと落ちた。

だから、もやもやを見えないところに押しこめていたんだ。そして必死に見ないふりをしていた。

「ひとりで頑張らなくていいんだよ。話して楽になることだってある」

やさしく背中をさすられる。

いつまでも胸にしまっておくのは苦しくて、周は思いきって口を開いた。

「おれ、ここがすごく大事で……潰れてなくなるより、続けられてよかったってわかってるのに……やっぱり不安で、拠《よ》り所《どころ》がなくなっちゃったみたいで……どうしても気持ちがついていかない」

思っていたことをすべて正直に打ちあける。

辛抱強く耳を傾けてくれた日下は、周が話し終わるのを待って頷いた。

「買収されて、複雑な気持ちにならない訳がないよ。周の気持ちはちっともおかしなことじゃない。僕も、轟さんも、周よりずっと大人だから折り合いをつけていられるだけ。僕たちにとってシエルは最初の勤め先じゃないっていうのもあるかな。周にとってここがすべてなのはよくわかるよ。だから不安だったんだよね」

やさしい言葉に心の枷《かせ》がぽろりと外れる。胸の奥にぎゅうぎゅうに押しこめていたものがゆっくりと解けていくのがわかった。

そう。ほんとうは不安だった。足元から全部崩れていきそうで。

「たとえ経営者が替わっても、シエルを大切に思う気持ちは変わらないよ。それは僕だけじゃなく、みんなも同じだ」

「透くん……」

「はじめた時は三人だったでしょう？　それが四人になって、送迎用の車を買って、季節のメニューもたくさん作ってもらったよね。そうやって今の姿になったんだ。シエルはこれからも変わり続ける。僕はその変化に立ち合えるのが楽しみなんだ。だから周も、これまでどおりいてくれるとうれしい」

木洩れ日のようなやさしい眼差しに、いつしか気持ちもほっと和らぐ。

彼の方こそ再建に向けて重圧で押し潰されそうな思いをしているだろうに、そんなそぶりはちっとも見せず、まっすぐに夢を語る姿が眩《まぶ》しかった。

「ありがとう、透くん。おれ、頑張るね」

オーナー交代を聞いた時には言ってあげられなかった言葉。それをようやく伝えられた。

自分を必要としてくれる人がいるなら頑張れる。仲間たちがいてくれるなら。

そんな周の思いに、日下は満面の笑みで応えた。


気持ちが変わることで新たに見えてくるものがある。

日付が変わるギリギリまで粘って試作を作り、心地よい疲れとともに自室へ引き上げる道すがら、そういえばいつも雅人の部屋に電気が点《つ》いていることに気がついた。

たまたまトイレに起きた夜中の三時でさえ灯《あか》りが点いていたこともある。おまけに彼は朝も早い。いったいいつ寝ているんだろうと他人事《ひとごと》ながら心配になるほどだ。

事業というのは、それぐらいバイタリティがないと務まらないものなんだろうか。

とはいえ同じ人間だ。疲れもすればお腹だって空くだろう。お菓子も一時のエネルギーにこそなれ、栄養補給にはなりにくい。

「それなら……」

ふと思い立ち、夜食を差し入れることにした。

作るのは冷製の稲庭《いなにわ》うどんだ。それに鰻《うなぎ》の白焼きを添える。滋養強壮に優れ、かつ夜中でも食べられるよう消化のいいメニューを考えてみた。

まずは幅三センチに切った白焼きの鰻に白ワインと水、それに塩を加え、煮汁にとろみが出るまで煮詰める。粗熱を取っている間に今度はモロヘイヤを塩茹《ゆ》でし、葉は一口大に、茎は粘りが出るまで叩いた。茗荷《みょうが》を千切りに、生ハムは三センチの幅に切るとともに、茹でて氷水で締めた稲庭うどんをきれいに皿に盛りつける。

普段なかなか扱わない食材だけに、工程のひとつひとつが新鮮だ。皿によく冷やした出汁を張り、鰻やモロヘイヤなどを盛りつける。最後に和食らしく茗荷を天盛りにすれば完成だ。風味づけに鰻の煮汁を少しだけ回しかけた。

「うん。いい感じ」

我ながらうまくできたと思う。雅人からどんな感想が飛び出すか楽しみだ。

お盆に載せて部屋まで持っていくと、案の定、彼は仕事の真っ最中だった。

机の上にはノートパソコンや書類などが所狭しと並んでいる。ノックの音に、てっきり秘書の一ノ瀬が来たと思ったのだろう。ふり返った雅人はそこに立つ周を見て思いきり目を見開いた。

「あ、あの…、夜食でもどうかなって……」

そんなに驚くとは思わなかったから、こちらまでついつられてしまう。

辛うじて声を絞り出す周に、雅人がふっと表情をゆるめた。

「あぁ、すまない。少し驚いた」

「お腹が空いたままだと集中力も切れると思って」

「それでわざわざ届けてくれたのか」

雅人は仕事の手を止め、椅子を立ってやってくる。

けれど盆に載った皿を覗きこむなり意外そうに首を傾げた。

「和食とは驚いた。こんなものも考えていたのか」

「え？」

「これも試作なんだろう？」

思わず「いいえ」と答えそうになり、すんでのところでなんとかこらえた。

雅人のために作ったんだと白状するのはいくらなんでも照れくさい。彼だって、突然そんなことを言われたらびっくりするだろう。

なんと言ったものかと思案しているうちに、雅人がやれやれと眉を下げた。

「部屋までオーナーズチェックを受けにくるなんて、仕事人間なのはきみも俺も同じだな」

――わっ……。

おだやかに苦笑するのを見て、もう少しで声が出てしまうところだった。

さっきの驚いた顔といい、そうやって笑うところといい、なんだか不思議だ。これまで仕事相手でしかなかったのに普段の彼に一歩近づいたような気分になる。

――なに考えてんだ。おれ……。

それでも息をするごとに胸が高鳴る。上目遣いに見上げた雅人に思わず見惚《みと》れてしまいそうになり、そんな自分に気がついて周は慌てて頭をふった。

それとこれとは話が別だ。今は夜食を勧めにきたんだ。

「机の上、少しお借りしてもいいですか」

「あぁ、片づけよう」

畳んだノートパソコンの上に書類を重ね、机の端によけてもらう。そうして空いたスペースに周はお盆ごと皿を置いた。

「よく混ぜて食べてください。モロヘイヤの粘りがつなぎになります」

じっくり見栄えを確かめた雅人が、しばらくして「いただこう」と箸を取り上げる。ためらいなくうどんが混ぜられ啜《すす》り上げられるのを周は固唾《かたず》を呑んで見守った。

勢いだけで持ってきたものの、口に合わなかったらただのお節介だ。それ以前に食欲がなかったらどうしよう。押しつけになってしまったかもしれない。

雅人が目を閉じて味わっている間、いろいろなことが脳裏を過る。

「……そうか」

一口目を飲みこんだ雅人は、思わずというように呟いた。

「どうですか」

「うまい」

間髪入れずに返される。

「そうか。きみは和食も作れたのか。驚いた」

「きちんと修行したわけじゃないですが、作るのは好きです」

「他に好きな料理は？」

「他に？」

問いに首を傾げたのは一瞬のことで、周はすぐににこりと笑った。

「なんでも好きです。なんでも作ってみたい」

己の知識と想像力と技術力を駆使して、食材がおいしい料理へと変わっていくのがとても楽しい。新しいことを学んだり、そこからイマジネーションを膨らませる時間も厨房に立つのと同じくらい好きだ。それはフレンチに限らず、和食も、イタリアンも、それこそ機会があれば世界中の食に触れてみたいと思っている。

そう言うと、雅人は眩しいものを見るようにそっと漆黒の目を細めた。

「きみは、ほんとうに料理が好きなんだな」

「すみません。勢いでベラベラ喋っちゃって……」

「いや、聞けてよかった。思っていたとおりだ」

しみじみと言われてしまい、なんだか照れくさくなる。

「思ってたとおりって？」

「俺の勝手な想像だが、そうじゃないかと」

どういう意味だろう。面と向かって話す機会もこれまであまりなかったのに。

内心首を傾げる周に雅人は力強く頷いた。

「見ていればわかる。いや、一口でも食べればすぐにわかる。きみがどれだけの情熱を持って料理と向き合っているのか」

「成宮さん……」

そんなふうに思っていてくれたなんてちっとも知らなかった。

――でも、どうして……？

「昔からきみのファンでね」

心の中を見透かしたかのように雅人が答えを先回りする。はじめて見る、はにかんだような笑顔に心臓がドクンと音を立てた。

――この人、今なんて言った？　それにファンって……？

「あ、あのっ」

高鳴る胸を押さえながら口を開いたその時、タイミング悪く雅人に電話がかかってきた。どうやら仕事相手のようだ。スマートフォンを見た彼が小さく嘆息するのが聞こえた。

「気にせず出てください。おれはこれで……」

そそくさと踵《きびす》を返そうとして、なぜか腕を摑まれる。

「え？」

「あ、いや、すまない。おかしなことをしたな」

雅人は苦笑しながら手を離す。通話をはじめた途端、さっきまでとは打って変わって仕事用の硬い声になるのが新鮮だった。

音を立てないように周はそっと部屋を出る。

厨房に向かって歩きながら、はじめて会った時もあんな感じだったっけと電話の声を思い出した。ほんの数日の間にここまで変わっていたなんてとあらためて驚かされる。

声だけじゃない。目を細めて笑う顔も頭を離れることはなかった。

雅人はほんとうに不思議だ。冷徹な人だとばかり思っていたのに、知れば知るほどそれまでの印象が鮮やかに変わっていく。

常に変化し続ける人。

シエルを新しく生まれ変わらせるように、自分もまた雅人によって変えられていくような気がした。

雅人の視察期間はあっという間に終わった。

もともとが一週間の予定だったのだから当然といえば当然だ。みっちりと膝を詰めて打ち合わせができたし、何軒か新しい農家も回って話を取りつけるなど成果も上々だったと轟から聞いた。

新しいオーナーが来ると聞かされ、緊張と不安でいっぱいだった一週間前が懐かしい。

たかが七日、されど七日だ。この七日間の間に仕事を通して、そしてプライベートのような一瞬をともにして、雅人の様々な面に触れた。もっと一緒にいたら自分はどうなるだろうと思ったほどだ。

それなのに――――。

「……え？　帰った？」

周が朝食の片づけをしている間に、気づいたら雅人は立ち去ってしまっていた。迎えた時と同様、全員で見送りするものと思っていたから拍子抜けだ。考えてみたら当たり前かもしれないけれど。

「なんだ……。お皿、急いで洗ってきたのに…………」

従業員用の出入口から駐車場を眺めてひとりごちる。つい今朝までそこにあった黒い車は今や跡形もなかった。

無意識にエプロンをぎゅっと握る。

もう賄いにリゾットを作ることはない。もう夜食を持っていくこともない。もう試作にオーナーズコメントをもらうこともないんだ。

――――きみは、ほんとうに料理が好きなんだな。

雅人の言葉が甦る。硬さの取れたおだやかな声も、はにかんだ笑顔も、もう見られない、聞けないんだと思ったら胸がズキッと痛くなった。

――なんだ、これ……。

コックコートの上から胸を押さえる。

もしかして、自分は寂しいんだろうか。彼にもっといてほしかったんだろうか。

「そんなわけ」

とっさに出たのは自分でも驚くほどの声量だった。そうやって否定してしまえば己を強く保てると思ったのだ。

気持ちを切り替えようと周は大きく息を吸いこむ。

朝方に小雨でも降ったのか、ひんやりと湿った空気がゆっくりと肺に満ちた。いつもなら清々《すがすが》しく感じる朝も今は手放しではよろこべない。

「周」

後ろからの声にふり返ると、そこには高埜が立っていた。

「まったく、なんて顔してんだよ」

「わっ」

眉間に皺を寄せた彼にわしゃわしゃと髪を掻き回される。

「やけに急いでると思ったが、そんなに離れがたかったのか？」

「え？」

言われた意味がすぐにはわからなかった。

雅人を帰したくなかったという意味だと合点がいき、周は思いきり首をふる。

「もういなくなった人のことなんて」

自分は気に留めないし、ふり返ることもない。確固たる意志でそう言ったのに、高埜はなぜか苦笑するばかりだった。

「おまえはほんと、嘘が下手だよなぁ。無理してますって顔に書いてある」

「勝手なこと言わないでくださいよ」

髪を混ぜ返していた手が止まり、今度はそっと撫で下ろされる。

「全部、俺の気のせいだったらよかったんだけどな」

高埜はそう言って焦げ茶色の目を眇めてみせた。

いつになく真剣な表情。それでいて戸惑ってしまうぐらいのやさしい手つきに、ささくれていた気持ちも慰められる。いつだってすぐ近くで励ましてくれる高埜には感謝しかなかった。

胸に空いた穴はすぐには埋まらなくても、一生懸命に仕事をしていれば喪失感もいつかは消える。だからシエルのコックとして、支えてくれた高埜のためにもしっかり足を踏ん張っていなければ。

「ありがとうございます。高埜さん」

ぺこりと頭を下げた後で、まっすぐに高埜を見上げた。

「さぁ、仕事しましょう。今日も忙しくなりますよ」

まだ少し複雑そうな顔をしていた高埜だったが、ややあって「そうだな」と頷いてくれる。

背中を押し合うようにしてふたりは店へと踵を返した。

*

雅人がシエルを去って二週間が過ぎた。

その間、連絡は一度もない。はじめのうちこそ彼を思い出すだけで胸がざわざわとなったものの、そんな弱い自分が嫌で、がむしゃらに仕事に打ちこむことでなんとか気を紛らわせた。なるべく頭の中から彼のことを追いやってしまいたかったのだ。

そんなある日。

「周。ちょっといいかな」

日下に声をかけられたのは、昼の片づけがそろそろ終わるという頃だった。

「後はやっとく」と頷いてくれた轟に甘えて日下と一緒に厨房を出る。てっきりスタッフルームに行くのかと思いきや、先に立って歩く支配人は迷いのない足取りで渡り廊下へと向かった。

どうやらホテルの方に行くようだ。他のスタッフには伏せたいような、少しこみ入った話をするのかもしれない。

――なんだろう。特に思い当たることもないけど……。

首を捻りながら宿泊棟に入る。

その途端、自分の中でオンとオフがパチンと切り替わった。

仕事場である厨房と違い、こちらは寝泊まりするための場所だ。毎朝身支度を調えたらすぐに出て、夜遅くなってから寝るために帰る。ホテル業務をメインとする日下や高埜だとまた感覚も違うだろうけれど、自分は普段夜になるまでこちらに戻ることはないからなんだか不思議な気分だった。

昼間のふわふわとした空気の中、日下に続いて廊下を歩く。

なにげなくドアプレートに目をやった周は、つい先日までそこにいた人物を思い出して足を止めた。

――そういえば成宮さん、いつもここで……。

「……っ」

雅人の顔を思い出した瞬間、胸にズキッと痛みが走る。深呼吸をして落ち着こうと思ったものの、吸えば吸うほど胸の奥がズキズキと疼いて周は思わず息を詰めた。

ここに夜食を届けにきた。ここで他愛もない話をした。自分といる時だけ笑う彼が新鮮で、いつまでも見ていたいような、けれど落ち着かないような、ふわふわとした心地にさせられた。

――でも、それももうない。

「周」

自分を呼ぶ声にはっとして顔を上げる。

なんでもないふうを装って笑ってみたものの、日下はなぜか痛々しそうに顔を歪めた。

「もう。どうしてそんなに我慢するの」

「え？」

「ちょっとおいで」

入るように言われたのは斜め向かいにある日下の部屋だ。何度か覗いたことはあっても、足を踏み入れるのははじめてだった。

八畳ほどのフローリングにアンティーク調の机とベッド、それに造りつけのクローゼットが備えられている。同じ間取りのはずなのにきちんと片づいているからか、自室よりだいぶ広く感じた。

ベッドに座る周と向かい合うようにして、日下も椅子に腰を下ろす。

「今の周に遠回しに訊くのはよくないと思うから、単刀直入な言い方になるけど……」

そう言って前置きした後で、彼はまっすぐにこちらを見た。

「成宮さんがいなくなって、寂しい？」

いきなり核心を突かれてビクリと肩が跳ねる。

「そんなわけ……」

ない、とはどうしても言えなかった。言いきってしまうのが恐かった。

否定できず、けれど肯定することもできないまま目を泳がせる周に、日下は静かに「僕は寂しいと思うよ」と告げた。

「たとえ一週間でも一緒に暮らした仲間だからね。いなくなったら寂しい」

「でも、透くんはメールしてるじゃん」

とっさに言葉が口から飛び出す。

日下は一瞬目を瞠り、それからぷっと噴き出した。

「そうだね。僕はメールしてたね。送信相手は一ノ瀬さんだし、中身は仕事のやり取りだけど」

机上のノートパソコンを開き、メーラーを立ち上げて見せてくれる。ずらりと並んでいるのはいずれも秘書の一ノ瀬の名前だけだ。

「成宮さんはシエルの経営だけをしてるわけじゃないから」

「……え？　あ…、そ、そっか……」

言われてはじめて気がついた。自分にはシエルがすべてでも、彼にとってはそうじゃない。そんな当たり前のことをあらためて突きつけられた思いだった。

そろそろと顔を上げた周に日下が頷いてくれる。まるで、わかっているよ、というように。

「周は小さい頃から変わらないね」

成長していないという意味だろうか。不安になって目で問うと、彼は笑いながら首をふった。

「違うよ。まっすぐだなって。いつでも全力投球する子だなぁと思って」

「そうかな」

「そうだよ。思ってることも顔に出るしね」

「……なんかそれって子供みたいじゃない？」

「それが周のいいところだと思うけど」

日下がそっと苦笑する。それから居住まいを正し、もう一度こちらに向き直った。

「それはきっと、成宮さんも同じように思ってたと思うよ」

「なっ、なんで急にオーナーの話なんかすんの」

「周が気にしてるから」

「お、お、おれ、別にっ」

ぶんぶんと頭をふる。

「急に来て、急にいなくなった人のことなんて気にしてないし。それにどうせ、事業が軌道に乗ればそれでいいんでしょ。お金が稼げればそれでいいんだ」

早口で捲《まく》し立てる。

けれどその一方で、耳から入ってくる声が自分のものではないような気がした。嘘をつくのが下手なのはよくわかってる。それでも、そう言わなくてはいけない時があるんだ。

「周」

名を呼ばれてはじめて、自分が下を向いていたことに気づく。

「僕の独断で、周に伝えたいことがあるんだ。成宮さんがここに来たほんとうの理由」

「……え？」

思いがけない言葉に心臓がドクンと跳ねる。

とっさに顔を上げると、真剣な表情の日下がこちらを見ていた。

「成宮さんは、シエルの事業買収にうまみを見出したわけじゃない。オーベルジュ経営がやりたかったんでもない。経営難に陥っていた店を見かねて、採算度外視で手を差し伸べてくれただけなんだ」

「……どういう、こと……？」

声が掠《かす》れる。聞いていた話と違いすぎてすぐには信じられなかった。

あれだけビジネスに厳しい人だ。実際、立て直しのためにあらゆる手段が講じられた。勝機ありと見こんだからこそ買収を決めたんじゃなかったのか。あの雅人が採算度外視だなんて博打《ばくち》を打つわけがない。そんな非現実的なことはしないはずだ。

確信があるからこそ何度も首をふったのだけれど、日下はただ、周が衝撃を受け止めるのを待つばかりだった。

――ほんとうに……？

沈黙が刻一刻と現実味を帯びて重くなる。

息苦しさを破るように日下が小さく苦笑を洩らした。

「成宮さんとの約束、破っちゃったな」

周には伏せるようにと言われていたのだそうだ。

「どうして、話してくれたの」

「成宮さんのことを誤解したままでいてほしくなかったんだ。僕たちを救ってくれた人だから」

そう言って彼は遠い目をする。夢を実現させた日下にとって毎日はしあわせそのものだった反面、経営状態はとても褒められたものではなかったという。

人を信じやすく、情に訴えられるとノーと言えない性格が裏目に出た。業者と結んだ契約の中には一ノ瀬が眉を顰めるようなものもあったらしい。そのせいで店の資金繰りは悪化の一途を辿《たど》り、明日をも知れぬ事態に陥った。

「僕が夢ばっかり見ていたせいで、みんなを路頭に迷わせてしまうかもしれないと思うと恐かった。そんな時、成宮さんから出資の話をされたんだ。買収した後も全員の雇用を約束するって」

「普通は違うの」

「場合によるだろうね。従業員を総入れ替えすることもあれば、トップだけが替わるケースもある。配置転換があったって不思議じゃない」

それを聞いてぞっとした。急に「明日から別の店で働け」と言われて従わざるを得ないなんて。

「僕がいた外資系ホテルではそれが当たり前だったよ。人の出入りは激しかったし、そういうものだとも思ってた。……でも、ここではそれをやりたくなかった。みんなで作ってきた店だから、誰にも欠けてほしくなかったんだ」

だから雇用の継続と引き替えに、日下は思いきって話に乗った。

「そうだったんだ」

そんなことがあったなんて。

「おれ、全然知らなくて……透くんがそんなに大変だったのに助けてあげられなくて……ごめんね」

こんなことになるまで協力ひとつできなかった。

そう言うと、日下は静かに首をふった。

「僕が言わなかったんだから、周が責任を感じる必要はないんだよ。……それに、ほんと言うとね、格好つけていたかったんだ」

「え？」

「みっともないところはできたら見せたくなかったし、店が危ないってわかったら、周のことだからお金を工面しようとして無茶したでしょう？」

返す言葉もない。きっと貯金をあるだけ下ろして、それでも足りない分を知り合いに借りて回っていただろうから。

「周の気持ちはうれしいよ。ありがとう」

「うん」

「だから成宮さんのこと、悪く思わないでね」

「……」

今度は返事をすることができなかった。

日下は答えを待つことなく、仕事に戻ろうと促してくれる。

来た時と同じように並んで廊下を歩きながら、周は自分の心の声にじっと耳を傾け続けた。


その後はどうやって仕事を終えたのかよく覚えていない。

料理をしている時こそ集中していたものの、皿を洗っている時も、厨房を掃除している間も、気がつけば雅人のことばかり考えている自分がいた。

――まさか、助けてくれてたなんて……。

思いもよらなかった。なぜ採算度外視なんてことをするのか。そしてどうしてこの店に拘わるのか。

彼の中にある理由を知りたいと素直に思った。

雅人はどんな思いでここに来て、そして一週間を過ごしたんだろう。後悔することはなかっただろうか。嫌なことはなかっただろうか。

「あ……」

己の態度に思い至り、周は顔を強張らせた。

はじめて雅人に対峙した時、あからさまに彼を敵視した。店を乗っ取るつもりだと身構えていた。

これまでのやり方を変えられてしまうのが恐くて、シエルがシエルでなくなってしまうのが不安で、つっけんどんな態度ばかり取ってきた。

「それなのに」

雅人は、十歳も年の離れている周を常に対等に扱ってくれた。料理人として尊敬に値するとまで言ってくれた。

――きみは、ほんとうに料理が好きなんだな。

雅人の言葉を思い出した途端、心臓がドクンと跳ねる。たちまち後悔が襲ってきて胸がぎゅうっと痛くなった。

「おれ……」

なんてことをしたんだろう。感情的になってばかりだった己の幼さを嫌と言うほど思い知らされる。だから雅人は黙って帰ってしまったのかもしれない。周の料理を認めこそすれ、そんなところは面倒だと思われてしまったのかもしれない。

「……っ」

このままじゃいけないともうひとりの自分が胸を叩いた。

彼に謝ろう。そしてせめて、シエルを救ってくれたことへの感謝の気持ちを伝えよう。

いても立ってもいられなくなった周はスタッフルームに引き返し、パソコンに向かっていた日下を摑まえる。

「透くん。ごめん、教えてっ」

突然のことに日下は目を瞠ったものの、すぐに察して雅人の番号をメモに書き写してくれた。

「業務連絡用だから、つながらないこともあるかもしれないけど」

「わかった。ありがと！」

回れ右して部屋を出ようとする周を弾んだ声が追いかけてくる。

「ちゃんと話せるように祈ってる」

「透くん」

「頑張れ。周」

ガッツポーズを向けてくれるその気持ちがうれしくて、周は感謝をこめて頷いた。

急いで自分の部屋に戻り、着替える時間すら惜しんでコックコートのままベッドに座る。そうして教わったばかりの番号を慎重にスマートフォンに入力していった。

緊張のあまり指先がふるえる。そのせいで何度も間違えてはやり直し、ようやく発信音が聞こえた時には少しだけほっとしてしまった。

けれどコールに切り替わった途端、再び強い緊張に襲われる。

勢いで電話をしてしまったけれど、仕事中だったらどうしよう。会議の途中だったらどうしよう。こみ入った話をしていたら。もしくは、頭を切り換えるための貴重な休憩時間だとしたら。

出るまで待とうか、それとも切ってしまおうかと頭の中がぐるぐる回る。端末を耳から離しかけたまさにその時、回線が切り替わる音が聞こえた。

「……！」

けれど息を呑んだのも束の間、留守番電話サービスにつながる自動応答アナウンスが聞こえてくる。

その瞬間、強張っていた身体から一気に力が抜けた。

わざわざ留守電に入れるような話でもない。終話ボタンを押した途端、疲れがどっと襲ってきて、周は長いため息を吐きながらそのままベッドに寝転がった。

「めちゃめちゃ緊張した……」

まだ心臓がドクドクと鳴っている。コートが皺になるとわかっていてもすぐには動けそうになく、ぼんやり天井を眺めていると手の中のスマートフォンが着信を告げた。

「ん……」

のろのろと腕を持ち上げて画面を見る。表示されている番号がさっきかけたものによく似ていて、思わず目を疑った。

「……え？　えっ？」

もしかして、あの人だろうか。まさかかけ直してくれたとか？

メモと番号を照らし合わせた途端、ますます心臓が跳ねる。逃げ出したい気持ちをこらえ、己を奮い立たせると、周は思いきって通話ボタンを押した。

「も、もしもし」

電話の向こうで雅人が息を呑むのがわかる。

「あの、おれです。伊吹です」

『あぁ……わかる。まさかきみとは思わなかったから驚いた』

はじめて聞く電話越しの声は面と向き合った時より低く、耳殻《じかく》にじんわりと染みこんだ。

こんなふうに話すんだと思ったらなんだか妙にドキドキしてくる。せっかく電話がつながったのに言葉が出てこず、あの…とか、その…とくり返しているうちに言葉尻を奪われた。

『すまないが一度切る。少し待てるか』

「は、はい」

答えるや、あっさり電話が切れる。終話ボタンを押しながら周は小さく嘆息した。

手が離せないタイミングだったんだろうか。だとしたら、悪いことをしてしまったかもしれない。

それでも『待てるか』という言葉にほんの少しだけ期待が残った。

「またかかってくるのかな」

それなら、待つ間に服だけでも着替えておこう。

勢いよく身体を起こし、クローゼットを開ける。適当な部屋着で電話を待つのもなんだか落ち着かないような気がして、周はTシャツとパンツの上からお気に入りのパーカーを羽織った。

姿見に映った自分は年相応の青年といったふうで、雅人とはまるで違う。たかが十歳、されど十歳。

彼のように三つ揃いのスーツを着ても自分にはまったく似合わないだろうし、逆に彼が自分のようなラフな格好をするのも想像できない。

「成宮さんがパーカーって」

失礼と思いつつ笑ってしまった。そもそもその設定が無理だ。一度考え出したら止まらなくなってあれこれ想像していると、駐車場に車が停まる音が聞こえた。

「こんな時間に？」

時計を見ればもう十一時を過ぎようとしている。とっくに営業は終わったし、夜中に業者が来るとも聞いていない。

首を傾げていると、今度は電話が鳴った。

「はい、伊吹です」

『待たせて悪かった。今、出てこられるか』

「はい？」

とっさにカーテンを開けて窓の外を見る。ヘッドライトが点いたままの車から雅人が降り立つのが見えた。

「嘘でしょ!?」

『……そこまで驚かれるとは』

電話の向こうで雅人がくすくす笑っている。それを聞いていたらいてもたってもいられなくなって、周はすぐさまカーテンを閉めた。

「す、すぐ行きます。すぐ行きますからっ」

慌てなくていいと言ってくれるのを強引に押しきって電話を切り、電気を消してバタバタと部屋を後にする。一瞬、日下に外出を伝えていこうかと思ったものの、今は少しの時間も惜しくてそのまま外に出た。

車まで駆け寄ると、雅人が手を挙げて迎えてくれる。

「急に呼び出してすまなかったな。仕事は終わったか」

「はい」

今夜の雅人はいつものスーツ姿じゃない。黒いシャツにジャケット、それに少し光沢のある素材のタイトなパンツ。大人っぽいカジュアルな格好に思わず見惚れた。

「成宮さんは仕事、ですか？」

「たまたま近くに用事があってな」

「こんな時間に？」

夜もだいぶ遅い。どこかで食事でもしてきたんだろうか。箱根に？ ひとりで？

首を傾げる周を見下ろし、雅人は艶めいた微笑を浮かべた。

「元気にしてたか」

――あ……。

電話の時のような低い声にドキッとなる。それがどうしてかと考えて、いつもより距離が近いからだと気がついた。

すぐ近くに、手を伸ばせば届きそうなところに雅人がいる。わずかに身を屈《かが》め、周だけに聞こえるぐらいの話し声にドキドキと胸が高鳴った。

――なんだ、これ……。

うろうろと目を泳がせる。ここが暗がりでよかった。今の自分は絶対におかしな顔をしているから。

どうごまかしたものかと思っていると、肩をポンと叩かれた。

「少しだけつき合ってくれ」

「え？　あの……」

詳しいことも聞けないまま助手席へと促される。車の前を回って運転席へと身を滑らせた雅人は、すぐにイグニッションキーを回した。

ブォン……というエンジンの始動音がシートを通して身体に伝わる。節くれ立った手がギアを入れ替え、軽やかにハンドルを捌《さば》く姿からは落ち着いた大人の男を感じた。

なんというか、つくづく住む世界が違う。

資産家という立場、実業家という肩書き。ふるまいや考え方に至るまで別世界の人だと思ってきたけれど、こうして傍《そば》にいるとなおさらそれを強く感じた。シエルがこんなことにならなければ決して出会うことなどなかった人だ。

つまり、このドライブも奇跡のおまけのようなものだ。

それなら少しでも楽しまなくちゃと気持ちを切り替え、周はドライバーの横顔を見上げた。

「これからどこに行くんです？」

好奇心が伝わったのか、雅人も口端を持ち上げる。

「ちょっとした見学だ」

「見学？」

「この間、オーベルジュからの帰りに眺めのいい場所を見つけた。都会の夜景と違って癒やされる」

「へぇ。夜景なんていつぶりだろ……。店の敷地から出ない生活だとそういうのに疎くなりますね」

「きみの場合は毎日遅くまで仕事をしているからな」

当たり前のように言われて、あれ？　と思った。

——もしかして、だから連れ出してくれた？　おれに見せるために？

そんなまさか。都合よく考えすぎだとわかっていても、勝手にうれしくなってしまう。顔がにやけないようにと両手で頬を押さえているうちにあっという間に目的地に着いた。

車を降りた途端、ひんやりとした空気が頬を撫でる。標高が上がったからだろう。人工の光は一切なく、人の姿もない。シンとした清浄な空気だけが辺り一帯を包んでいた。

「こっちだ」

駐車場から少し歩くと切り立った崖になっており、手前には腰の高さほどの柵が備えられている。手摺《てす》りに摑まって目を凝らすと、数えきれないほどの小さな灯りが一面に広がっているのが見えた。

「わぁ……」

思わず感嘆のため息が洩れる。

決して派手な光ではない。ぱっと人目を引くような華やかさもない。それでもじんわり染みていくようなやさしい光に心がゆっくりと落ち着いていく。

「ほんとだ。癒やされます」

「気に入ったか」

「すごく」

「そうか」

ぽつぽつとした短い言葉はまるで目の前の灯りのようだ。雅人が紡ぎ、周が紡ぎ、そうして互いを灯し合ううちにほのかな心地よさが生まれていく。それははじめて体験する、なんとも不思議な気分だった。

——隣にいることが心地いいなんて……。

黙って傍にいるだけで心が安らかになっていく。あれだけ苦手意識を持っていたのが嘘のように雅人の隣はほっとした。

どれくらいそうしていただろう。

くしゅん、とくしゃみが出たことで我に返る。

「山の上だから冷えたんだろう」

雅人は当たり前のようにジャケットを脱ぎ、そっと肩にかけてくれた。

「そんなことしたら成宮さんが風邪を引きます」

「俺は丈夫なのが取り柄なんだ。それに、大事な料理人に風邪を引かせるわけにはいかない」

「でも」

なおも食い下がろうとするのを宥《なだ》めるようにやさしく背中を叩かれる。雅人のジャケットからは彼のつける香水がほのかに香った。

――後ろから抱き締められてるみたい……。

そんなことを思った瞬間、顔がぶわっと熱くなる。

いくら夜とはいえ至近距離ではごまかしきれなかったか、こちらを見た雅人がくすくすと笑った。

「きみはほんとうにおもしろいな」

「す、すみません……」

「今夜はいろいろな一面を見た気分だ。それに、こうして一緒に夜景を眺められたのもきみに電話をもらったおかげだ」

「あ！」

その言葉で思い出す。

そうだ。もとはと言えば、これまでのことを謝りたくて電話をかけたんだった。

「成宮さん」

身体ごと雅人に向き直り、周は勢いよく頭を下げた。

「おれ、成宮さんに謝らなきゃいけないことがあります。あなたがどんな思いでシエルに関わろうとしてくれていたかも知らず、失礼なことばかりして……ほんとうにすみませんでした」

「伊吹くん？」

「シエルはおれにとってすごく大事な場所だから、拠り所がなくなるようで、恐くて……」

でも、だからといって感情的な態度を取るべきではなかった。あれではただの八つ当たりだ。

「謝らなくていい。顔を上げてくれ、話がしたい」

その言葉におずおずと顔を上げると、雅人が窺うようにこちらを見ていた。

「どうして急に、そんな話を？」

「ほんとうのことを知ったからです」

意を察した雅人が眉を寄せる。

それを見て、周はすかさず首をふった。

「透くんを責めないでください。おれのためを思って話してくれたんです。おれが成宮さんを誤解してばかりだったから」

事情を知っていればなおのこと、見ていられなくなったのだろう。

「採算度外視だなんて、どうしてですか。なんでそこまでしてくれるんですか。むしろ恩に着せてもよかったのに」

「……」

言葉を選ぶように黙った雅人は、やがて静かに息を吐き出した。

「そこまで知っているなら腹を括るしかなさそうだな」

そう言って彼は眼下の夜景に向き直る。そしてどこか遠くを見るような顔でゆっくりと口を開いた。

「はじめてきみに会ったのは二年前――俺がシエルを訪れるよりずっと前だと言ったら信じるか」

それは、成宮グループが協賛していたコンクールに審査員として参加した時のこと。

周が作った料理を食べて衝撃を受けたのだという。美食と呼ばれるものはひととおり味わってきた雅人からしても、とても斬新でおもしろい一皿だったのだそうだ。レジュメから周の勤め先を把握し、以来ずっと心に留めていたのだと雅人は語った。

「レジュメをチェックするなんて後にも先にもあれだけだ。頭を殴られたような衝撃だった」

「そうだったんですか」

そんな頃から気にかけていてくれたなんて、聞いているこちらの方が衝撃だ。

そう言うと、雅人はさも当然のように口端を上げた。

「きみの料理のファンだと言ったろう」

「あれ、本気だったんですか」

「なんだと思ってたんだ」

「いや、だって……」

「俺は面倒なリップサービスなんてしない。気に入ったものしか褒めない主義だ」

きっぱりと言いきられる。

その後も雅人は、ずっとシエルを訪れてみたいと思っていたこと、けれど仕事の都合で長らく日本を離れていたため実現できずにもどかしかったこと、やっと東京に戻る頃にライバル店の情報が入り、詳しく調べているうちにシエルの経営危機を知ったのだと語った。

「典型的な赤字経営だった。そういう会社をたくさん見てきた」

近いうちに潰れると判断した雅人は、そうなる前に周を引き抜けないかと日下に接触したという。

「おれを？」

これには周も驚いてしまった。「ファン」というのはどうやら本気だったらしい。

「だが、交渉を重ねるうちに考えを変えざるを得なくなった。きみがいかに店を大事に思っているか、店のためなら我が身を省みずに無茶をする性格だと支配人から聞いてね。——はじめはきみを引き抜かれまいとする方便かとも思ったが……きみは支配人の従兄弟だそうだな。子供の頃の話を聞いているうちにどうしても嘘とは思えなくなった。こう見えても、人を見る目には自信がある。長いことそれで飯を食っているからな」

周の引き抜きを諦めた雅人は、ならば店ごと救おうと買収に向けて舵《かじ》を切ったのだそうだ。その思いきりのよさたるや常識の範囲を超えている。驚く周に、雅人は「一ノ瀬にも同じことを言われた」と苦笑した。

ほんとうに変わった人だ。

ビジネスはロジックだとあれだけ言っていたくせに、自分のこととなると途端に理論が破綻する。本人もそれは自覚しているんだろう。雅人はそっと肩を竦めた。

「俺自身、少し戸惑っているところもある。こんなことははじめてなんだ」

「いつもとは違うんですか」

「あぁ、全然違う。だから説明しろと言われてもうまくできない」

雅人は柵に肘を突き、吹き抜ける風に目を細めた。

彫刻のように整った横顔。眼下からの風が彼の前髪をゆるく巻き上げ、形のいい額を露《あら》わにさせる。男らしく切れ上がった眉、すっと伸びた鼻筋。薄い唇は引き結ばれ、鋭利な頬のラインとも相俟ってどこか近寄りがたく見えた。

「きみが……」

いつの間にか見惚れていたのだと、雅人の声で我に返る。

「買収の経緯を知らないきみが、ある日突然現れた人間に戸惑う気持ちは理解できた。敵視したくもなったろう。仲間たちと一緒に頑張ってきたという思いがきみの料理の原動力なら、いっそ俺は誤解されたままでもいいと思っていた」

「な……」

なにを言うんだ、この人は。

思わず声を上げようとして、けれど続く言葉に息を呑んだ。

「それなのに……裏表のないまっすぐさに触れるうちに心苦しくなった。ほんとうのことを言わずにいるのはきみを欺《だま》しているようなものじゃないかと」

「成宮さん」

雅人の横顔が苦渋に歪む。そんなふうに悩んでいたなんてちっとも知らなかった。

「だったら言ってくれれば」

最初から恩を売ってくれれば心苦しくなることもなかったのに。

「きみの自尊心を傷つけたくなかった。……嫌だろう、金で助けてやると言われるなんて」

――なんて人だ……。

胸を打たれてうまい言葉が見つからない。

「成宮さんは、大人ですね」

「そう見えたなら年の功だな」

褒めたつもりだったのにさらりと流されてしまう。そうじゃないんですと言いかけて、彼の横顔が自嘲に歪んでいることに気がついた。

「俺は、人の心の機微に鈍感な人間なんだ」

ここではない、どこか遠くを見つめながら雅人は静かに口を開いた。

手広く事業を展開している資産家の息子として生まれた彼には、金や人脈を当てにして近づいてくる輩が後を絶たなかった。幼稚園に通う頃には猫撫で声で近づいてくる大人もいたそうだ。

まだ分別のつかないうちに懐柔し、雅人を通して彼の父を、そして成宮グループの実権を握る彼の祖父に擦り寄ろうという腹だったのだろう。無論事なきを得たそうだが、他人との接し方については特に厳しく躾《しつけ》られたという話を聞きながら、あまりに住む世界の違う話に頭がくらくらとなった。

「成宮家の息子としてどうあるべきか、成宮グループの一員としてどうするべきか、それを求められ続ける毎日だ。意志のない人形になるつもりはないが、少なくとも本音をさらけ出して得することはひとつもない」

それは余計なトラブルを回避するための彼なりの処世術であり、もしかしたら心を守るための手段でもあったのかもしれない。だがそのせいで「冷たい人間」というレッテルを貼られ、恨まれることさえあったという。

それを聞いてはっとなった。初対面で自分も同じ反応をしたからだ。成宮グループの人間と知って驚いた高埜に雅人は訊ねていたっけ――俺を恨むか、と。

「おれ……」

辛うじて声を絞り出したものの、続ける言葉が出てこない。

雅人はわかっているというように静かに首をふった。

「気にするな。恨まれることには慣れている」

虚しささえ内包する眼差しに胸がズキリと痛くなる。彼が仕事もふるまいもなにもかも完璧だったのは、それだけ重たいものを背負っていたからなのだと今になってようやくわかった。

「……はじめて、人に話した」

言葉を選べずにいる周をよそに、雅人はどこかほっとしたような顔をする。

「つまらない話を聞かせてしまったな。どうしてか、きみには話したくなった」

「他の人には？」

「誰にも。一ノ瀬にもだ」

——おれにだけ……。

あんなにひどい態度を取ったのに。それでも、話してくれたんだ。

そう思ったら胸の奥からじわじわと熱いものがこみ上げてきて、突き動かされるように周は再び頭を下げた。

「話してくださってありがとうございました。成宮さんのこと、ちゃんと知ることができてうれしかったです。買収の経緯にはびっくりしたけど……でも、成宮さんが手を差し伸べてくれてなかったら全部なくなっちゃってたかもしれないから、今のおれには感謝しかないです。ほんとうにありがとうございました」

嘘偽りのない心からの言葉だ。だからだろうか、話しながら自然と頬が持ち上がる。

雅人は信じられないというようにしばらく目を瞠った後で、そろそろと息を吐き出した。

「……参ったな。礼を言われるとは思わなかった」

「え？」

「事業展開と言えば聞こえはいいが、俺がやっているのは金にものを言わせる仕事だ。それは利益を生むと同時に敵を増やすことでしかなかった。おべっかややっかみを受けこそすれ、ありがとうだなんて言われたことは一度もない。正直、とても驚いている」

きみがそれを言うなんてと続けた声が掠れている。

「だって成宮さん、おれには自分のこと話してくれたじゃないですか。あれは、おれに本音を言ってくれたってことなんですよね」

「――――」

雅人はまたも目を瞠った後で、昂る気持ちを抑えるように大きく一度深呼吸をした。

「そうか……そういうことか……」

何度も口の中でくり返している。周は言葉を挟むことなく、彼の中でなにかが大きく動いていくのを隣で目に焼きつけた。

ややあって、雅人がはにかみ笑う。

「きみにはほんとうに驚かされる。俺をいともたやすく変えていく」

「おれが？」

「あぁ。きみが」

一度目を伏せた彼は、あらためて深い笑みを唇に乗せた。

「……参った…………」

噛み締めるような呟きに胸がぎゅっとなる。

眉根を寄せ、困ったように、けれどうれしそうに笑う横顔を見ているうちに鼓動が速くなってきて、周は胸に手をやった。手のひらからドクドクと心臓の高鳴りが伝わってくる。雅人を見ているだけで、その声を聞いているだけでドキドキしてたまらなくなった。

「あ……」

節くれ立った手が伸びてきて、人差し指の背でやさしく頬を辿られる。まるで大切なものに触れるように何度も何度も頬を撫でられ、心地よさに目を伏せた。くすぐったいだけではないなにかが胸の奥からじわりと広がる。思わず頬を擦り寄せると、雅人の手が肩に回され、そのままあたたかな胸に引き寄せられた。

「な、成宮さん」

「寒いだろう。嫌か」

「いえ」

とっさに首をふる。

頭上から含み笑うのが聞こえ、すぐに回される腕に力がこもった。

——抱き締められてるんだ、おれ。成宮さんに……。

すっぽりと包みこまれ、触れたところからじんわりとあたたかさが伝わってくる。

「成宮さんも寒いですよね」

ジャケットを貸してくれたため雅人はシャツ一枚だ。自分も彼をあたためようとそっと背中に腕を回すと、雅人が小さく息を呑んだ。

「あの、嫌でした？」

「きみはまったく……どこまで俺を翻弄する気なんだ」

「え？　え？」

嘆息とともに大きな手に後頭部を包まれ、胸に押しつけるようにされる。髪に頬を押し当てられてまたも心臓が早鐘を打ちはじめた。

「あ、あの……」

自分はどうしてしまったんだろう。誰とハグしたってこんなことはなかったのに。

心地よさに周はそっと目を閉じる。シンと静かな夜空のもと、自分たちふたりだけが空間から切り取られていくような不思議な感覚に包まれた。

どれくらいそうしていただろうか。しばらくすると腕がゆるみ、そっと身体を離された。

「そろそろ送ろう。きみの睡眠時間を削って仕事に支障を来すわけにはいかない」

「あ…、はい」

肩に手を回され、車へと促される。並んで歩いているこの瞬間ですら名残惜しさを持て余していると言ったら彼はなんて答えるだろう。

そっと後ろをふり返る周に、雅人が小さく苦笑した。

「また来ればいい」

「連れてきてくれるんですか」

「お安いご用だ」

その言葉にほっとしながら助手席へと身を滑らせる。礼を言ってジャケットを返した後はどちらも口を開くことはなく、車内にはおだやかな空気が流れた。

来た時とは少しだけ違う。けれどとても心地いい。

――成宮さんも、同じだったらいいな。

そんなことを考えているうちにあっという間にシエルに着いた。

もともと近い場所なのだから当然といえば当然なのだけれど、もう少しだけ一緒にいたかったなと思ってしまい、そんな自分の我儘さに心の中で苦笑した。

「送ってくださってありがとうございました。楽しかったです」

「そうか」

短い返事をした後で、雅人は一拍置いてから「……俺もだ」と続ける。自分で自分の気持ちを確かめるようなぎこちない話し方がおかしくて、ついついくすっと笑ってしまった。

「おれに本音を言ったからって困ることなんてないですよ。得することはあると思うけど」

「得すること？」

「おれがうれしくなるって意味です。単純だから」

満面の笑みで胸をトンと叩いてみせる。

まじまじとそれを見ていた雅人は、やがて腹を決めたように頷いた。

「わかった。善処しよう」

そう言うなり、雅人はなぜかシートベルトを外す。

店にでも寄っていくんだろうかと思っていると、右手が伸びてきて頬をそっと包みこまれた。指の背で撫でられた時とは違う。大きな手にすっぽりと頬を包まれ、指先でやさしく耳朶《じだ》に触れられて、心臓が大きくドクンと鳴った。上体ごとこちらに向き直った雅人にじっと見つめられているうちに、緊張でどんどん息苦しくなる。

「あの、成宮さん……？」

掠れ声の問いにも彼は答えない。それどころか、熱を帯びた眼差しでじっと見つめてくるばかりだ。

雅人が身を乗り出すのに合わせて運転席のシートがギシリと軋《きし》んだ音を立てた。

どうしよう。どうしたらいい？

至近距離で目を合わせたまま視線を逸らすこともできない。

漆黒の双眼が閃《ひらめ》いたように見えた次の瞬間、唇にあたたかなものが触れた。

——キス、されてる……成宮さんに……。

心臓が壊れたように早鐘を打ちはじめる。唆《そそのか》すように下唇をそっと食《は》まれ、ぞくぞくとしたものが身体の芯を駆け巡った。

「……んっ」

甘えるような声が洩れる。自分が発したものだと思うと恥ずかしくてたまらなかったけれど、今はそれを構う余裕もなかった。

やがて唇がゆっくりと離れていく。

それを追って瞼を上げると、雅人が熱の籠もった目でこちらを見ていた。キスの余韻を追いかけるように親指でゆっくりと唇を撫でられ、思わずびくんと肩が竦む。胸の高鳴りは鎮まることを知らず、密やかに閉じられた空間の中、彼に聞こえてしまうんじゃないかとさえ思った。

「嫌だったか」

静かに問われ、条件反射で首をふる。

身を起こした雅人は、これまで見たことのないような顔でふわりと笑った。

「さぁ、もう遅い。明日に備えてゆっくり寝てくれ」

そう言って周のシートベルトも外してくれる。離れがたかったものの、ここで我儘を言っては運転して帰る彼に迷惑だからと周はこくんと頷いた。

「それじゃ、これで……。帰り道、気をつけてください」

「ありがとう」

車を降りた後は、敷地から見えなくなるまでセダンを見送る。

足元がやけにふわふわとして、まっすぐ立つこともおぼつかなかった。

――おれ、成宮さんと……。

「やばい。どうしよう」

思い出しただけでドキドキする。自分がこんなふうになるなんて想像もしたことがなかった。

また会ったら同じようになるんだろうか。

他の誰でもなく、相手が成宮さんだから……？

それを確かめるのが恐いような、でもちょっと楽しみなような、なんだか不思議な気分だった。

＊

あの夜から一週間が経つというのに、今も魔法にかかったようにふわふわとした心地が続いている。どこにいても、なにをしていても、気づくと雅人のことを考えている自分がいた。

彼の眼差し、彼の表情。その声も、匂いも、なにもかも――情熱的な唇の感触もすべてが記憶に鮮明に残っていて、思い返すたびに胸をドキドキとさせるのだった。

こんな時、己の経験の浅さが恨めしい。雅人のことをどういう位置づけで考えたらいいか自分でもよくわからないのだ。

彼はシエルのオーナーで、十歳も年の離れた大人の男性だ。実業家としてバリバリ仕事をこなし、成宮グループの幹部としても影響力のある立場にいる。

そんな人と自分の関係はといえば、ただの雇い主と従業員でしかない。友達というわけではないし、それに近い存在でもない。

――だけど、あんなこと……。

電話の声にドキッとなった。車を運転する姿に思わず見惚れた。ジャケットの移り香に酔い、抱き締められて胸を高鳴らせ、そして唇を重ねられて――。

思わず「わっ」と叫びそうになり、周は両手で口を押さえた。そのままキョロキョロと周囲を窺う。

――セーフ……。

危なかった。もう少しで鍋をかき混ぜている轟をギョッとさせてしまうところだった。

ただでさえこのところ「あー！」とか「わー！」などと奇声を発している自覚がある。呆《あき》れられないうちになんとかしなければと思った矢先、轟がひょいと顔を覗きこんできた。

「おい。変な顔してるけど大丈夫か」

「はい……ていうか、変な顔って」

「おまえが挙動不審なのが悪い」

「そんなこと言ったって……」

男同士でキスするなんて考えたこともなかったし、ましてや恋人でもなんでもない、親しい友人で

すらない仕事相手と『そういうこと』になったというのに、嫌悪感を抱くどころか何度も反芻しては
そのたびにドキドキさせられているなんてどう考えたって重症じゃないか。
もごもごと口籠もっていると、轟は珍しく心配そうな顔になった。
「なんだ。なんか悩みでもあんのか？」
やさしい言葉につられてシェフを見上げる。
そういえば、若い時はそれなりに恋を楽しんだという轟は、フランスで働いていた頃には事実婚も
していたと聞いたことがある。
破局後は料理人らしく『ワインが恋人』を口癖にしている彼だけれど、そんな轟からなら参考にな
るような話が聞けるかもしれない。ちょうどディナーの準備も一段落したところだしと周は意を決し
て口を開いた。
「あの、轟さんを見こんで訊いてみたいことがあるんですけど……。恋人じゃなくても、同性でも、
キスすることってあると思います？」
「………は？」
轟がレードルを取り落としそうになる。いつもは余裕たっぷりの顔をしている彼もさすがに意表を
突かれたのか、目を丸くした。
「おまえがそんなこと訊いてくるとはなぁ。それが挙動不審の原因か？」
「い、いえっ。そういうわけじゃ……」

あくまで一般論として知りたいのだと苦しい言い訳を並べる。

なにか思い当たる節でもあるのか、轟は「そういうことにしといてやるよ」とニヤリと笑った。

「まぁ、恋愛なんて人それぞれだろ。身体からはじまることだってある」

「そうなんですか」

「相性は大事だからな」

――そうなのか。知らなかった……。

だとしたら、雅人との相性は悪くないということになるんだろうか。

キスされたのは驚いたけど嫌だとは思わなかったし、この一週間で何度か電話した時も不快な気持ちにはならなかった。

電話越しに聞く雅人の声は低く、その分甘く心地よく響く。耳元で囁《ささや》かれているようで時々落ち着かない気分になるし、ふっと含み笑われたりするとドキドキが止まらなくなるのだ。

思い出しただけで顔が熱い。両手で頬を押さえると、それを見た轟が「わっかりやすいやつだな」と噴き出した。

「料理のことで頭がいっぱいですってタイプだったくせに、そんなデレっとした顔しやがって」

「おれならいつもどおりです」

「わかったわかった。いいから鏡見てこいって。あと休憩しろ」

笑いながら「しっしっ」と手で追い払われ、しかたがないので自室に戻った周は、姿見に映った自分を見て思わず足を止めた。

目は潤み、頬もほんのり上気している。薄く開いた唇がやけに艶《なま》めかしく見えて、無意識のうちに指先でそっと下唇を撫でた。

その感触に、雅人に触れられたことを思い出す。

確かめるように一度、そして熱を煽るようにもう一度。触れたところから彼の心が流れこんでくるようで、唇が離れていくのを惜しいとさえ思った。

記憶をなぞっているうちにまたも胸が高鳴ってくる。

その時、まるで見計らったかのように唐突にスマートフォンが着信を告げた。

「わっ！」

びっくりしてわずかに飛び上がる。胸を押さえながら端末を手に取った周は、ディスプレイに表示された雅人の名前にさらに驚かされることとなった。

「え？　ほんとに？」

こんなタイミングのいいことなんてあるだろうか。もしかしてテレパシーとか？

「も、もしもし。伊吹です」

慌てて出ると、一瞬電話の向こうで訝《いぶか》るような間があった。

『どうした？　いつもと声が違う』

「なんでもないです。ちょっと考えごとしてて……」

『どんなことを？』

訊ねられて「うっ」と言葉に詰まる。まさか、キスされた時のことを思い出していたなんて言えるわけがない。

『よほど集中していたんだろう。新しいメニューでも考えていたのか？』

雅人は、周が言い出せないでいるのをいいように解釈してくれたばかりか、驚かせてすまなかったと謝る始末だ。

『休憩中かと思ってかけてみたんだが、邪魔になるようならまた今度にしよう』

「ま、待って！」

そのまま電話を切られそうになり、周は慌てて声を上げた。

「大丈夫ですから。こっちこそ気を遣わせてすみません」

『だが』

「ほんとにほんとです。ちょうど休憩で部屋に戻ってて、成宮さんのことを、その……ちょっと考えてたから、本人から電話がきてびっくりしたっていうか」

嘘ではない。肝心なところを暈《ぼか》しただけで。

『なるほど。それは確かに奇遇だな』

「え？」

『俺も、ちょうどきみのことを考えていた。それで声が聞きたくなったんだ』

低音の美声に耳朶をくすぐられ、心臓が大きくドクンと跳ねた。こんなふうにストレートに言われて照れない方がどうかしている。

「声、ですか？」

『あぁ、すまない。普通こういうことは言わないものだよな。きみの声を聞けば疲れも吹き飛ぶような気がして、つい』

「そんなこと言われたのはじめてです」

なんだか照れくさい。ただ話しているだけなのに、声でくすぐられているみたいだ。

そんな気持ちが電話越しに伝わったのか、雅人は小さく含み笑った。

『きみの声は電話だと少し高くなるな』

「あっ、人を子供みたいに」

『あかるい声だと言ったんだ。俺にはない、伸びやかさの表れだ』

「もう」

手放しで褒められ、うれしいのと恥ずかしいのとでそわそわ落ち着かなくなってくる。

「それを言うなら成宮さんの方が落ち着いてていい声ですよ。大人って感じで」

『そうか。きみが気に入ってくれているとは知らなかった』

いいことを聞いたなと雅人が戯《おど》ける。

『だが残念ながらきみと違って、俺のは単なる処世術だ。自慢できるようなものじゃない』

「処世術？」

『会社では俺はただの若造だからな』

視察の時こそ現場に滞在した雅人も、普段の勤務先はグループ本社だ。

そこで幹部のひとりとして部下たちから報告を受け、今後に関わる判断を下す。役員会議ともなれば二回りも年の離れた古株たちを相手に統率力を示していかなければならないらしい。そのため、浮ついて見えないように日頃から言動には注意しているのだそうだ。

『とはいえ、なかなか難しいものだ。今日も紛糾した……』

最近は会議会議の連続だと聞いてぞっとなる。

会社で働いたことのない自分にはそれがどれほど大変なことか想像すらできない。それでも、全然関係のない周のことを思い出して思わず電話してくるぐらいには疲れが溜まっているんだろう。

「成宮さんは、すごく頑張ってるんですすね」

ぽろりと口にしてから、こんな自分が言ったのではバカにしているように聞こえるかもしれないと思い至った。

「すみません、失礼なこと言って。おれ、すごい偉そうでしたよね」

雅人は言葉を返さない。よほど気分を害してしまったかと不安に思っていると、おだやかな嘆息とともに『いいや』という答えが返った。

『きみにはいつも驚かされる。愚痴を言って褒められるとは思わなかった』

「愚痴？　そうかなぁ。おれは成宮さんの仕事のこととか、それにどう向き合ってるかって教えてもらえてうれしいですよ。おれにはその大変さが実感としてはわからないけど……でも、だからこそ、すごいと思います」

『褒めすぎだ』

電話の向こうで雅人が苦笑する。

『この家に生まれたら誰だってこうなる。兄も姉も、俺と同じだ』

「お兄さんとお姉さんがいるんですか。いいなぁ、楽しそうで」

ひとりっ子の周にとって兄弟は憧れだ。一緒に遊ぶのも、喧嘩《けんか》をするのも、友達とはやっぱり違うものだと思うから。

けれど、返ってきた答えは意外なものだった。

『一緒に過ごした記憶はあまりないんだ。お互いに自分のことで忙しかった』

成宮家に生まれたものは皆、将来なんらかの形でグループ会社に関わることになる。

そのため小さな頃から英才教育を施され、友達と遊ぶこともままならない子供時代だったという。兄たちと同じように雅人も一流大学に進み、大学院で経済学を修めた後に幹部候補として入社した。

『周囲の期待に応え続けることが俺の役目だ。まだまだ力不足だが、これからも努力は惜しまないつもりだ』

きっぱりと言いきられる。それぐらい、彼にとって厳しい日常は当たり前のことなんだろう。

けれど聞いている方は目を白黒させるばかりだ。

「成宮さん。サラッと言ってますけど、それってすごいことですからね？」

『そんなことを言うのはきみぐらいだ』

「いやいや、みんな心の中で思ってますって。言わないだけですよ、成宮さんが恐いから」

『恐い？』

雅人の声が跳ね上がる。きっと今、あの形のいい眉を吊《つ》り上げたりしているんだろう。想像したらなんだかおかしくなってしまった。

「最初に会った時、恐かったですもん。笑わないし。スパルタだし。強引だし」

『ひどい言われようだな』

「でも話を聞いてわかりました。あれが普段の成宮さんなんですよね。そうやって気を張ってないとやってけない世界にいるんだろうなって」

それを素直に尊敬する。

同時に、もっと肩の力を抜いてほしいとも思ってしまう。

「おれと話してる時みたいに気楽に仕事できたらいいでしょうにね。……あ、でもそれじゃ緊張感がなさすぎるかな」

あまり呑気《のんき》にやっていては一ノ瀬さんが困惑するかもしれないし、威厳もなくなってしまうのでやっぱりダメだ。へへへと照れ笑いしていると、雅人は困ったような声になった。

『今も緊張していないわけではないんだが……』

「え？」

『いや、なんでもない。きみの方こそ、いつも楽しそうに仕事をしているな』

「そう見えたらうれしいです。自分のやりたいことだけやってるとも言いますけど」

料理以外のことに頓着しなさすぎだと日下や轟からよく言われる。この間なんて高埜からも「床に積み上げてるレシピ本、いい加減どうにかしろ」とクレームをもらってしまった。掃除機をかけにくいのだそうだ。

わかってはいるのだけれど本棚はとうにいっぱいだし、床に置いておいた方がベッドからも近くて手に取りやすい。いっそのこと全部枕元に積み上げてはどうかと提案してみたこともあったが、それこそベッドメイクできないだろと却下になった。

『きみがいかに料理に夢中かよくわかる』

雅人は楽しそうに笑っている。

「おいしいものを食べるとしあわせな気分になるでしょう？　だから、いつか誰かに、おれが作ったものでしあわせになってもらえたらいいなって。夢みたいな話ですけど」

何年かかるかわからない。叶《かな》えられるかもわからない。それでも追いかけていたいんだと語ると、雅人からは意外な答えが返ってきた。

『その夢なら、もう叶っている』

「え？」

『きみのファンだと言ったろう。コンクールで食べた鴨《かも》のソテーがいまだに忘れられない。甘酸っぱいカシスソースにバルサミコの風味がよく合っていた』

まるでさっき食べたかのように滔々《とうとう》と語られ、驚きのあまり目が丸くなる。

「ほんとに覚えててくれてるんですね！」

『当たり前だろう。きみは俺をなんだと思っているんだ』

憮然《ぶぜん》とした声に失礼とは思いながらも噴き出してしまった。うれしくて、照れくさくて、なんだかすごくふわふわする。

「あのー、そんな相手が部屋散らかしてるって知って幻滅しません？」

『まさか。せめて足の踏み場ぐらいはあるんだろう？』

「どんなの想像したんですか。これでも獣道ぐらいありますよ」

情けない弁解に雅人が声を立てて笑う。はじめは唇を尖らせていた周も、聞いているうちにおかしくなってきてつられて一緒に笑ってしまった。

『そういえば最近、熱心なきみに感化されてフレンチの勉強をはじめたんだ』

秘密を共有するかのように雅人が幾分声を潜める。

聞けば、忙しい仕事の合間を縫って料理学の本を読んだり、食べ歩いたりしているらしい。

ホテルから超有名店、個人経営の店まで足を運んでは、店の雰囲気からサービス、料理やワインに至るまで目と舌で確かめているのだそうだ。

『これまで会食の場としか思っていなかったのに、あらためて見ることでたくさんの発見に驚かされる。そして知れば知るほど興味が湧くんだ。そんな俺を、一ノ瀬は不思議そうな顔で見ている』

そうだろうそうだろう。その様子が目に浮かんで微笑ましい。

「一ノ瀬さん、理解に苦しんでるでしょうね。俺はうれしいですけど」

自分が夢中になっているものを知ろうとしてもらえるのはすごくうれしい。情報収集と実際の体験、その両面からアプローチしているところも彼らしいと思った。

雅人は、最近食べた中でも特に印象に残ったメニューについて楽しそうに語る。

豚と栗《くり》のココット煮は栗の濃厚な甘さが肉に絡んでおいしかったとか、スズキのロレーヌ風パテはムースのような食感が絶品だったとか、聞いているだけで周もフランス放浪時代を思い出して食べたくなってしまったほどだ。

一口にフレンチと言っても、日本と同じように地方ごとに伝統料理がある。最近そのことを知ったという雅人はすっかり嵌まってしまったようで、その熱が電話越しにも伝わってきた。

「成宮さんてば、他のお店のことばっかりなんだから。おれたちのことも忘れないでくださいね」

なにげない冗談のつもりでふふっと笑う。

けれど、それを聞いた雅人ははっとしたように口を噤《つぐ》んだ。

「成宮さん？」

電話の向こうの空気が変わったことに周も遅れて戸惑う。馴れ馴れしくしすぎただろうか。

「あの……」

なんと声をかけるべきかためらっていると、ややあって雅人が空気を混ぜ返すように咳払いをした。

『あちこちに行くのは勉強のためだ。ひいては、店の参考になればと』

慎重に言葉を選んでいるのがわかる。

まずは返事をしてくれたことにほっとして、周も再び話に乗った。

「いろんなお店に行けるのも東京ならではですよね。腕のいいシェフもたくさんいますし、夢中になるのもわかります」

『だが、どの店に行ってももの足りないんだ。無意識にきみの味と比べてしまう。きみならどう作っただろうかと』

「え？」

どういう意味だろう。まさかとは思うけれど、名だたる巨匠たちと同列に語っているんだろうか。そうだとしたらいくらなんでもやりすぎだ。

「成宮さんは熱烈だなぁ」

ファンを自称するからには、常にそういう姿勢でいないといけないと思っているのかもしれない。周としてはまったく自然体で構わないし、むしろフラットでいてくれた方がありがたいと伝えたのだけれど、雅人は納得がいかないようだった。

『きみは経歴や名声が味に影響すると思っているのか』

「ですが、経歴も、名声も、その人が作り出したものに対する評価です」

『俺にとってはどうでもいい。そんなもの、ありがたがってもなんの意味もない』

ずいぶんと強い口調に驚いた。

確かに、彼が審査員を務めていたコンクールは過去の経歴や人脈がものを言う世界だ。それなりの舞台裏を見てきたことを思うとそう言いたくなる気持ちもわからないではないけれど。

『きみの作るものがすべてだ。それぐらい、きみの料理は素晴らしいと思う』

「ありがとう、ございます」

手放しに褒められているのに、これまでのように素直によろこぶことができない。雅人の、真摯であるがゆえの頑《かたく》なさのようなものが透けて見えてどうしても引っかかってしまうのだ。

まるで、周の料理さえあればそれでいいと言っているようで。

――あ……。

胸の中がざわっとなった。すぐに、いけないことを考えてしまったと頭をふって思考を追い出す。

違う。そういう意味じゃない。純粋に気に入ってくれているだけだ。コンクールで食べた、たった一皿の料理がきっかけで採算度外視で店を買い取ったほどの人だ。それだけ強い思い入れを持ってくれている。自分の料理に惚《ほ》れこんでもらえるなんて料理人冥利に尽きる話じゃないか。

そう思ったら、少しだけ気持ちが落ち着いた。

人がアーティストの生み出す絵画や音楽を求めるように、雅人は周の作り出す料理を気に入って、その後ろ盾となるべくシエルを支えてくれている。ならば、コックである自分はこれまで以上に店の売り上げに貢献し、受けた恩を少しでも早く返さなくては。

――成宮さんは、俺にチャンスをくれた人だから。

周は気持ちを切り替えるように大きく息を吸いこんだ。

「おれ、成宮さん以外にもファンになってもらえるように頑張りますね。一日も早く轟さんに追いついて、右腕って言ってもらえるようになって――そしたらもっとお客さんが来てくれると思うし、店が繁盛すれば採算だって取れるようになります」

それが雅人への恩返しにもなる。そして皆がしあわせになるのだ。

熱っぽく語る周とは裏腹に、雅人の反応はあまり芳《かんば》しいものではなかった。

『料理はきみの大きな魅力だが、それだけではないと俺は思っている』

「そんな、そこまで気を遣ってもらわなくても大丈夫ですって。自分の作るものを気に入ってもらえてうれしくない料理人なんていません」

『そうじゃない。きみは希有《けう》な存在なんだ。……うまく言えずにもどかしいんだが』

「わかってます。だからシエルを救ってくれたんでしょう？　今となってはコンクールで鴨を出した過去の自分に感謝ですね。あれがなければ気にかけてもらうこともなかっただろうし」

人生なにが幸いするかわからない。どんな一瞬も気を抜かずにやるべきことをやらなければ。

「こうなったら美食クラブ、意地でも成功させないといけませんね。轟さんが張りきってメニューを練ってますよ。おれも毎晩試作してます。それでも作るのが追いつかないくらいで……。成宮さんがいてくれたらどっちがいいか味見してもらえるんですけど」

『伊吹くん』

硬い声にはっとなる。名前を呼ばれるなんて滅多にない。

「あ……、すみません。大変なのはおれより成宮さんの方でしたよね。自分のことばっかりベラベラ喋ってすみません」

『違う。そうじゃない』

苛立ちを含んだため息が聞こえる。こんな時、顔が見えないのがもどかしい。

雅人も同じ思いだったのか、ややあってもう一度、今度は短い嘆息が聞こえた。

『また今度、会って話そう。きみは料理に専念してくれ。休憩時間にすまなかった』

「いえ。そんなこと……」

『それじゃ』

短い別れの言葉とともに電話が切られる。ツー、ツー、と無機質な音を立てる端末をしばらくの間見つめた後で、周はため息とともに終話ボタンを押した。

いろんな話ができて楽しかったはずなのに。彼が料理に興味を持ってくれたと知ってうれしかったはずなのに、どうしてこんなにもやもやするんだろう。

スマートフォンを傍らに置き、じっと手のひらを見下ろした。

この手が料理を作るから、彼は自分を必要としてくれる。それはひいては店のため、そして雅人のためにもなる。その手段を持っているのはよろこばしいことだ。誇れることだ。

「それなのに……」

どうしてこんなに胸が痛いんだろう。必要とされているとわかっていて、なぜそれでは足りないと思うんだろう。

「贅沢だ」

自分がなにを望んでいるのかわからない。料理人としてこれ以上のことはないはずなのに、褒められれば褒められるほど胸に穴が空いたような寂しさを感じてしまうなんて。

「……っ」

強く下唇を噛み締める。

雅人に触れられた痕跡を今だけは消してしまいたくて。

＊

美食クラブの開催を一月後に控えたある日のこと。

スタッフルームの前を通りかかった周は、複雑そうな顔をしている日下を見かけた。

「どうかしたの、透くん」

「あぁ……片づけは終わった？　お疲れさま」

いつものように微笑むものの、やはりどこか覇気がない。具合でも悪いんだろうかと心配になって部屋に入ると、日下は困ったような顔で新聞を見せてくれた。

「これ……」

見た瞬間、周も眉根を寄せる。

ライバル視しているオーベルジュ三倉が打った新聞の全面広告だった。

ゆったりした敷地にホテルやレストランだけでなく、スパや温泉、チャペルまで揃えた複合施設だ。仙石原からもほど近く、周辺にはいくつもの美術館や神社が点在していて立地的にも申し分ない。

また、この辺りにはカントリーコースもあるのでゴルフ好きの客も取りこめる。規模も立地もなにもかも、シエルとは雲泥の差であることが一目瞭然だった。

「うちはアットホームが売りだから、比べてもしょうがないんだけどね」

日下はそう言うけれど、気にならないと言ったら嘘になる。

再び紙面に目を落としたところで高埜が「ただいま」と顔を覗かせた。

「あ、高埜さん。お帰りなさい」

ランチ客の送迎も彼の日課のひとつだ。

同僚を迎えていると、その後ろで一ノ瀬が軽く会釈するのが見えた。

「あれ？　一ノ瀬さん」

「こんにちは。駐車場でちょうど高埜さんとお会いしまして」

その声に日下が立ち上がる。

「お疲れさまです。お忙しいところをわざわざすみません」

そういえば、今日は定期的な打ち合わせの日だった。ミーティングをするならと立ち上がったところで、周は新聞を広げっぱなしだったことに気がついた。

慌てて片づけるより早く、一ノ瀬が広告に目を留める。

「これは……」

「うーわ、三倉の広告じゃん。しかも全面」

思いきり顔を顰める高埜とは対照的に、一ノ瀬は不敵な笑みで眼鏡をクイと押し上げた。

「羽振りがよくて結構なことだ。ですが、こちらにも策はあります」

「え？」

「今日はいいものをお持ちしました。なかなかの出来映えですよ」

一ノ瀬はそう言ってノートパソコンの入った黒い鞄《かばん》を掲げてみせる。

美食クラブをシエル再生の起爆剤にすべく、リニューアル準備を進めていたウェブページの最終版ができたのだそうだ。そういえば少し前にカメラマンが来て、たくさん写真を撮っていったことを思い出した。

「おれも、見ていい？」

途端にそわそわし出した周に、日下が大きく頷いてくれる。

「もちろん。せっかくだから轟さんも呼ぼうか」

「じゃあ、おれ呼んでくる」

勇んでスタッフルームを飛び出し、ひなたぼっこを楽しんでいた轟をグイグイ引っ張って戻った。

その間にもスタッフルームでは準備が進められていたようで、ノートパソコンはテレビに接続され、既に準備ＯＫの状態になっている。そこで一ノ瀬がポンとエンターキーを押すと、周りを囲んでいた全員から「おおっ」という歓声が上がった。

画面の上半分に表示された南仏風のエントランスの写真は時間が経つにつれてフェードアウトし、今度は美しい庭の写真に切り替わる。その後もレストラン、色とりどりの料理、カフェ、ホテルへと次々に映り替わっていった。

ページの下半分には支配人からのメッセージが綴《つづ》られている。

シエルの理念を語る大切な言葉は、支配人である日下があでもない、こうでもないと考え抜いた末に決まったものだ。端的でありながらあたたかく、人柄の滲み出た文章が美しいページデザインにしっくりと馴染んだ。

見れば見るほど惹《ひ》きこまれる。自分たちの店のサイトじゃないみたいだ。プロが作るとこんなにも違うものなのかとすっかり感心してしまった。

「この写真の日下さん、めちゃめちゃイケメンに映ってますねぇ」

「俺たちの尻を叩いて回ってる時とはえらい違いだな」

「ちょっ…、僕そんなことしないでしょう」

目を丸くする日下を前に、高埜と轟が揃って笑う。

「美食クラブもそうですけど、これ見て女性のお客さんが増えてくれたらいいですよね」

「支配人大忙しだな」

「他人事みたいに言わないでくださいよ。その時は皆さんにも頑張ってもらわないといけないんですからね」

「もちろんだ。任せとけ」

その後も美食クラブのページに感嘆の声を上げたり、スタッフの写真を互いにからかい合ったり、すっかり油断したところでシェフズインタビューを音読して轟を慌てさせたりと、大騒ぎをしながらひととおりの確認を終えた。

「こんなに素敵なものをありがとうございました」

日下が一ノ瀬に向かって頭を下げる。

「お力をお借りすることができてほんとうによかったです」

「少数精鋭でやっていくには、最小のパワーで最大の効果を出すことが必要不可欠です。……成宮の受け売りですが」

「オンラインの件は一ノ瀬さんの発案だと伺いましたよ」

「許可を出したのは成宮です」

あくまで指示どおりやったのだという姿勢を崩さないのが彼の秘書としてのポリシーなのだろう。それでも「お力になれたならよかったです」と控えめに微笑むのが印象的だった。

「これで、心配も少しは薄らぎましたか」

一ノ瀬がこちらに目を向ける。

「全面広告のようなインパクトはないかもしれませんが、オンラインは二十四時間いつでも見ていただくことができますよ」

その言葉に轟が手元を覗きこんでくる。そうして広告を目にするなり「なるほどな」と苦笑した。

「おまえ、これ見て不安になったんだろ」

「だって……」

「あっちは鳴りもの入りのオープン、こっちは立て直しに必死な状況だ。気にかけるのは構わないが、向こうのやり方に気を取られすぎるのはよくないな」

轟の冷静な声に日下も頷く。

「自分たちができることを精いっぱい頑張ろう。皆のおかげで少しずつ効果も出てるしね」

「ですね」

そんな日下に、高埜も顔を見合わせて応えた。

やり方を徹底的に見直した結果、いくつかコストダウンできるものが見つかったのだそうだ。たとえば、送迎に使っていた古いマイクロバスをやめて燃費のいい電気自動車に替えたり、業者を調整することで輸送費を削減するなどだ。車には結構な初期投資が必要だったが、計画的に回収できる見込みは立っている。近隣農家との契約もお互いがよりよい条件になるよう精査し直した。

それ以外にも、ひとつひとつは数円、数十円単位と小さいが切り詰めつつある。塵も積もれば山となるのだ。経営再建の第一歩をシエルは着実に歩みつつあった。

――それなのに……。

身の置き所のなさに周はそっと唇を噛む。

シェフである轟にはレストランの一切が任されているし、副支配人の高埜はホテル業務のすべてを見ている。日下はシエルの支配人として全体を監督する立場にある。

再生に向けて役割がある三人と違い、周には具体的な役目がない。せいぜいコックとしてシェフを助けるぐらいで、具体的な仕事の成果を数値で測ることもできない。

これまでは日々の業務や試作のことで頭がいっぱいで、深く考えてこなかった。

他の三人が急に生き生きして見えてくる。皆がひとつの目標に向かって頑張っているというのに、自分だけ宙ぶらりんのままではいけない。

そう思うのに、どうしたらいいのかわからない。自分にできることなんてあるんだろうか。

「頑張ろうね」

日下ににっこりと微笑まれ、曖昧に頷く。

場を取り仕切るように一ノ瀬が皆を見回した。

「さぁ、本番はこれからです。打てる手はすべて打っておきましょう」

打ち合わせを続ける日下と一ノ瀬を残し、周たちはスタッフルームを後にする。

厨房に戻ってからも頭の中はもやもやとしたままだった。

料理には誠実に向き合わなければならない。それなのに、作業中も不安が頭を掠め、周から集中力を奪っていく。

「……おれ、ちょっと倉庫に行ってきます」

大きな失敗をしないうちに先にできることをやっておこうと、轟に一礼して厨房を出た。ちょうど小麦粉がなくなりそうだと思っていたところだ。

裏手の倉庫を目指して歩いていたところで、向こうからやってきた一ノ瀬と鉢合わせた。

「あ、休憩ですか。お茶を替えましょうか」

けれど声をかけてすぐ、彼が鞄を持っていることに気づく。

「お気遣いには及びません。もう失礼するところですから」

「そうなんですか。今日は早かったんですね」

いつも一時間はかかるのにと思っていると、一ノ瀬も「そのつもりだったのですが」と苦笑した。

「成宮に呼び出されまして」

「……っ」

その名前を聞いた瞬間、ドキッとなる。

それはほんの一瞬のことだったのだけれど、わずかに肩を竦めた周を見て一ノ瀬は眼鏡の奥の目を細く眇めた。

——まるで、あの人みたいだ。

四六時中付き従う秘書という職業柄、癖まで似るんだろうか。ここにはいない雅人の存在をこんな時まで感じさせられる。

思わず目を伏せた周に、一ノ瀬は思いがけないことを告げた。

「成宮は最近、伊吹さんの話ばかりしますよ。ずっと気にかけていた人だからでしょうね」

「え？」

「ご存知ありませんか。あなたが、彼を惹きつけていることを」

一瞬耳を疑ったものの、すぐに料理のことだと思い至った。

「コンクールで作った鴨のローストのことですよね。ご本人から伺いました。……おれには不思議な話ですけど……」

「あの時は大騒ぎだったのですよ。もちろん審査は公平に行われましたが」

当時を思い出したのか、一ノ瀬が困ったように笑う。

「コンクールが終わるや否や、料理人は誰だ、どこの店だ、レジュメを持ってこいと大慌てで……。料理人の方の前でこんなことを申し上げるのは失礼とは存じておりますが、それまでの成宮は食べるものに関してまったく頓着しませんでしたから」

「そうだったんですか」

驚いた。それなりの環境で育った人だ、選《え》り好みしてもおかしくないのに。

それとも、頓着しないからこそフラットに判断できるんだろうか。経歴や名声なんてどうでもいいとまで言い放った人だ。逆に言えば、周の料理はそれほどに雅人の琴線に触れ、記憶に深く刻まれたということだろう。

——きみの作るものがすべてだ。

本来であれば、これほど作り手冥利に尽きる言葉はない。わっと声を上げたいぐらいうれしい話のはずなんだ。それなのに……。

——やっぱり、ちょっともやもやする。

これ以上なにを求めるんだと自分に聞いても答えはない。そんな贅沢さが恥ずかしくて奥歯を噛み締めていると、一ノ瀬があらためてこちらに向き直った。

「成宮をよろしく頼みます」

「……一ノ瀬さん？」

黒尽くめのその人が周に向かって頭を下げる。

「ど、どうしたんですか急に。あの、とにかく頭を上げてください」

「突然申し訳ありません。ですが、こんなことをお願いできるのは伊吹さんしかいないのです」

オロオロする周とは対照的に、一ノ瀬は落ち着いていた。再び向けられた表情はいつもと変わらず余計な感情を映さない。けれど、眼鏡の奥の瞳にだけは切迫した色が宿っているように見えた。

「どういう、ことですか」

「少し長い話になりますが、聞いていただけますか」

確かめるような眼差しを正面から受け止める。

一ノ瀬はわずかに目を眇めた後で、静かに口を開いた。

「私が成宮の秘書についたのは今から十一年前、あの方が入社してすぐのことです。それから今までずっと傍で仕えて参りました。今でも成宮グループは世襲制です。成宮の兄や姉もまた、グループの幹部として采配をふるっている。そういう家なのです。生まれる前からレールが敷かれており、そこから外れることは許されない。そのために自分を抑える訓練を小さい頃から積んできたといいます。実際、あの方が己の趣向で物事を決めたところを見たことがありませんでした」

それは仕事のみならず、私生活の大部分に及ぶ。余暇さえ本人の意志どおりにはいかないと聞いて、雅人が本音を言っても意味はないと言っていたことを思い出した。

――そういうことだったんだ……。

わかったつもりでいたけれど、こうして第三者の口から語られるとより一層現実味を持って迫ってくる。それはなんて息が詰まる毎日だろう。好きなことだけをしていた自分とは大違いだ。

「そんな成宮でも、事情を知らない人間には華々しい部分だけが映るのでしょう。『親の七光り』とやっかまれることもある。近しいものでさえ簡単に手のひらを返す世界です。並大抵の精神力では途中で折れてしまう。私は、そんな成宮の唯一の理解者となるつもりでこれまでずっとつき従って参りました」

ですが、と言葉を切ると、一ノ瀬はどこか遠くを見るような目をした。

「私のような単なる仕事の相手ではなく、あの方が心を許せる相手と出会うこと、そして心身ともに安らげる日がくることを切に願ってもおりました」

常に息苦しい生活を強いられるからこそ、プライベートでは肩の力を抜いてほしいと。

「入社以来、成宮に縁談の話がなかったわけではありません。むしろもったいないほどの条件を提示されたこともあります。会社は長男が継ぐとはいえ、基盤を盤石にすることを考えれば家庭を持つのは大切なことですから」

縁談と聞いて訳もわからず胸が痛くなった。

――そう、だよな……。

普通に考えれば、結婚して家庭を持つのがいいに決まってる。気の休まる暇もない雅人を癒やし、愛してくれるようなやさしい女性と。

ため息は一ノ瀬に聞こえないようにしたつもりだったのに、お見通しだったらしい。

「ですが、成宮は一度も話を受けませんでした。戸籍の上だけで夫婦になってもお互い虚しいだけだからと……。そんな成宮が唯一心を開いたのが、伊吹さん、あなたです」

「え？」

心臓が大きくドクンと跳ねる。

「おれなんて、そんな……」

身勝手にドキドキと高鳴る鼓動を隠したくて周は下を向いた。

自分はそこまで言ってもらうほどいいものじゃない。料理こそ少しばかり腕に覚えがあるものの、それ以外のことには滅法疎く、気を抜くとすぐ部屋は散らかるし、寝食も忘れて料理に没頭してしまうし、経営に関われるほどの知識もない。情熱だけが空回りしていっそ恥ずかしいくらいなのだ。

だが、すべてを打ちあけても一ノ瀬は譲らなかった。

「これまで他人の話など一切しなかった男です。そんな成宮が、あなたのことで一喜一憂している。伊吹さんには心を許しているのだと思います」

「でもそれは、成宮さんが俺の料理に興味があって」

「ただのファンが、料理以外の言動にまでふり回されると思いますか？」

「え？」

訊き返す声が掠れた。

それはどういう意味だろう。もしかして、おれ自身に興味を持ってくれてたとしたら――。

一瞬そんな想像が脳裏を過ったが、すぐに頭をふって図々しい考えを追いやった。

だってそんなはずがない。まるで別世界に住んでいる人が、十も年の離れた同性のどこに興味を抱くというのか。

――でも、それならどうしてキスを……？

あの夜のことを思い出し、一ノ瀬の前だというのに頬が熱くなった。

――違う。あれはただの気紛れだ。きれいな景色を前にちょっとそんな気分になって……。でも、だからって同性にキスを？　あぁもう、おれ、なに考えてるんだろう。

動揺が透けて見えたのだろう、一ノ瀬は眉を寄せながら「失礼」と苦笑した。

「混乱させてしまいましたね。ですが、思われているとおりで間違いないと思いますよ」

「一ノ瀬さん」

「成宮は誤解されやすいところもありますが、決して不誠実な男ではありません。それだけはわかってやってください」

それではと頭を下げて一ノ瀬が帰っていく。

その背中を見送りながら、周はさっきの言葉を何度も頭の中でくり返した。

もし、彼の言うことがほんとうなら。

成宮さんが、おれに心を許してくれているんだとしたら――。

その先はうまく言葉にならない。代わりに答えを教えるように、ドクドクと高鳴る鼓動が内側から胸を叩いた。

「確かめたい」

彼のことをもっと知りたい。もっとちゃんと理解したい。

そして自分のことも知ってほしい。自分を理解してほしい。

誰かに対してこんなふうに思うのははじめてだ。胸の奥が熱くなるのを感じながら、周はしばらくその場に立ち尽くした。

雅人が再びシエルを訪れたのはそれから数日後のことだった。

会って話をしようと言われたきり電話はなく、こちらからもかけにくくてそのままになっていた。だから今日は、日下との経営会議が終わった後に少し時間をもらえればと思ったのだけれど、玄関で軽く目を合わせた雅人はどこか険しい表情をしていた。

思ったことがなんでも顔に出てしまう自分と違って、普段は顔色さえ変えないような人だ。そんな雅人が渋面を作っているのを見てよくないことがあったのだとすぐにわかった。

ミーティングの前にコーヒーを運んだ時も、いつもなら「ありがとう」と言ってくれる彼が今日はパソコンの画面を睨《にら》んだまま反応もしない。周が入ってきたことすら気づいていないかもしれない。

だから少しでも気持ちが休まるようにと、とっておきのブルーマウンテンを淹れた。彼ならすぐにわかるはずだ。けれど、そんなささやかな期待さえ目の前で叶うことはなかった。

――――どうしたんだろう。

あきらかにいつもと違う様子に声をかけることもためらわれる。これから日下とふたり、膝をつき合わせて難しい話をするのだろうか。

そろそろと一礼して部屋を出る。

ドアを閉めたことで重苦しい空気からは解放されたものの、気になってしまい、コーヒーを運んできたトレイを胸に抱いたまま壁にぴったりと身を寄せた。

「――――」

中からは日下の声が聞こえてくる。

直近の経営状況を報告しているようだ。自分には詳しいことはわからないけど、経費削減の効果も少しずつ出はじめていると言っていたから、きっとこの報告を聞いて雅人もほっとしているだろう。

そう、思っていたのに。

「見てもらいたいものがある」

雅人がなにか提示したらしい音に続き、日下の「うわ……」と息を呑む声が聞こえて思わず身体が強張った。どう考えても好意的に取れるものではなかったからだ。

「こんなに、ですか……」

「ある程度の宣伝効果は予測していましたが、結果はそれを大きく上回っています」

一ノ瀬の声も聞こえる。

どうやら三倉はかなり繁盛しているらしく、近隣のホテルやオーベルジュからも客を引きこんでいるのだそうだ。その影響はもちろん周たちのシエルにも降りかかりつつあるという。

――そんな……。

愕然《がくぜん》とした。

これまでと比べて、レストランの客がそれほど減ったようには思わない。ホテルだってガラガラになってはいなかったはずだ。こんな時、経営の深い部分まで関わっていないせいで詳細がわからずにもどかしい。縋る思いで聞き耳を立てる周にさらに驚くべき情報がもたらされた。

「近くの美術館や温泉施設とタイアップしているらしい。一日かけた体験型のイベントをやっている。カップル向け、ファミリー向けなどいくつかのパターンで展開しているそうだ」

「それはすごい。立地の良さを活かしてるんですね」

「さらには宿泊客向けの料理教室もやっているそうだ。地産地消を体験させることでレストランへの興味も湧かせる、まさに一石二鳥のアイディアだ。宿泊客の確保にもつながる」

「クチコミで広がりそうですね。それに、リピーターになって何度も来る楽しみがある……」

ふたりが話すのを聞けば聞くほど目の前が真っ暗になっていく。しっかり足を踏ん張っていないとその場に崩れ落ちてしまいそうだった。

焦りとも不安ともつかないものに突き動かされ、心臓が気持ち悪いほどドクドクと鳴る。せめて落ち着かなければと唾を飲みこもうとしたものの、緊張でカラカラに渇いていた喉は引き攣れるように痛むばかりだった。

――知らなかった……。

自分が目の前のことだけを見ている間に、状況はこんなにも大きく変わっていたなんて。

シエルの周囲に気軽に歩いて行ける施設はないし、イベントをやろうにもスタッフ四人では限界がある。日常業務を回すので精いっぱいでそれ以上は手が回らない。真似《まね》なんてとてもできない。

でも、このままではいられない。

――どうしよう……。

スタッフルームの重たい空気はドアの外からもひしひしと感じる。とにかくなんとかしなければ。このままじゃ経営の立て直しどころか、悪化の一途を辿ってしまう。

脳裏にふと、三倉のオーナーとスーシェフの顔が浮かんだ。

そういえば一度うちにも来たっけ。暴言を吐くだけ吐いて、料理には手もつけず出ていったけれど、そんな彼らの店が繁盛しているのだと思ったら余計にいても立ってもいられなくなった。

あの時、雅人はシエルの料理人である轟と周のために啖呵《たんか》を切ってくれた。シエルの料理に誇りを持っていると言ってくれた。

それなのに、負けているわけにはいかない。

轟に事情を話して時間をもらおう。まずは自分の目と舌で敵情を確かめなくてはと偵察に赴くべく踵を返したところで、うっかり抱えていたトレイが手から滑った。

しまった――――！

銀色の盆が床に落ち、カーンという甲高《かんだか》い音を立てる。

緊張した時の悪い癖だ。手に汗をかいてものを落としやすくなる。今ほど己の体質を恨めしく思うことはなかった。

「どうした」

中から雅人が出てきて声をかけられる。まさかこんな形で対面することになるとは思いもよらず、気まずさを抱えたまま周は大急ぎでトレイを拾った。

「お騒がせしてすみません。あの…、おれ、失礼します」

ぺこりと頭を下げ、そのまま顔も見ずに回れ右しようとして後ろから手首を摑まれた。

「どこに行く」

「どこって、ちゅ、厨房に戻ります」

焦ったせいで声がみっともないほど上滑りする。

雅人は手首を摑んだまま、じっと目を見据えてきた。

「聞いていたのか。あの店に行くんじゃないだろうな」

「……っ」

思わず息を呑んだのを見て、漆黒の目が真意を測るように眇められる。

「ひとりで乗りこんでどうする。落ち着け。焦ってもしかたがない」

「でも、ここでじっとしてたってよくならないです」

とにかく動かなくては落ち着きようもない。

強い口調で訴えると、これ以上は止めようもないと判断したのか、雅人が小さく嘆息した。

「それなら俺も一緒に行こう。向こうに面も割れているしな」

言うが早いか、雅人は一ノ瀬に往路のタクシーを手配させる。轟には日下を通して話をしてもらうことになり、コックコートを脱いだ周はすぐさま雅人とともにタクシーの後部座席に収まった。

「あの……仕事、残ってたんじゃないんですか」

「気にするな」

前を向いたままの雅人から短い返事が返ってくる。自分が我儘を言ったせいで、仕事の邪魔をしてしまったかもしれない。

「すみません」

「謝らなくていい。優先順位に従ったまでだ」

どういう意味だろう。訊いてみようかと思ったが、なんとなく気まずくてやめた。

三倉まではタクシーで十分ほどだ。道が空いていればそう遠くもないが、観光シーズンの土日ともなると途端に渋滞で動けなくなる。こうした地の利を考えてもシエルは苦戦を強いられていた。

けれどそれは、考えても詮ないことだ。今自分にできることをしなければ。

目的地に到着したふたりは連れ立ってレストランに向かう。

「わ……」

建物の前まで来るや、周は思わず目を瞠った。

ランチタイムを外しているにも拘わらず、レストランの入口にはずらりと行列ができている。広い店内ではホールスタッフが忙しそうに行き来しており、一目で繁盛していることが窺えた。

「座って待とう」

雅人に促され、店の前の椅子に並んで腰を下ろす。

するとすぐに店員がやってきてにこやかにメニューを差し出した。

「よろしければご覧ください」

「ありがとうございます」

開いたメニューは種類が豊富で選ぶ楽しみがあり、使われている写真もとてもおしゃれだ。値段は手頃とは言いがたかったが、旅先で払うならギリギリといったところだろうか。

店自体はガラス張りで、庭に面した一角には広々としたウッドデッキが設けられている。中も外もヨーロピアンスタイルでまとめられており、これならどこを撮っても絵になるだろう。

客層は若い女性やカップルが多く、熟年層はほとんどいない。四、五十代のゲストが多いシエルとはそもそも客層が違うのだろう。そこに少しだけほっとしたものの、これだけの若者たちを集められる集客力は脅威に感じた。

新聞広告が脳裏を過る。それから、雅人が言っていた数々のイベントも。

オープンしたばかりですべてが新しく、敷地も広くゆったりしている。スパやチャペルまであり、オーベルジュとしては至れり尽くせりだ。なにもかもがシエルとは違う。

「お待たせいたしました。ご案内いたします」

いつの間にか自分たちの番になっていたらしい。

席に通され、あらかじめオーダーしておいたランチが目の前に並べられても、待っている間に思ったのと同じことを感じた。

地元の野菜やエディブルフラワーをふんだんに使い、皿の上はまるでプティ・ガーデンのようだ。そこに皮目をパリッと焼いた一口大のサーモンが散りばめられ、香ばしい香りにも食欲をそそられた。近くの席の女性たちも同じものを頼んだのか、プレートが届くなり一斉に歓声を上げている。確かに若い女性が好きそうなデザインだ。

スマートフォンでうれしそうに写真を撮るのを横目に見ながら、どんどん落ち着かない気分になる。SNSに投稿するようだ。こうしたクチコミ効果もシエルにはないものだった。

「いただこう」

雅人に声をかけられ、はっとなる。

カトラリーを取り上げる彼に倣って、周もまたハーブの利いたサーモンを口に運んだ。

肝心の味はというと、尖ったところこそなかったが逆に言えば食べやすく、週末のごちそうといった印象を受ける。背伸びせず、気軽に楽しめるところがいいのかもしれない。

「どう思う」

ペリエを飲みながら雅人がこちらに視線を投げてくる。

感じたことをどう言い表したらいいかわからず、少し考えた後で周は静かにカトラリーを置いた。

「混乱…、してます……」

それは素直な感想だった。

シエルが完敗しているとは思わない。コンセプトも違えばターゲットも違う。だから店の雰囲気も料理も違う。それはごく自然なことだ。

けれど、客の数で負けている。それは店の存続に直結するのだ。いくら採算度外視で買い取られたとはいえ、いつまでも赤字続きというわけにはいかない。そのために雅人の指示のもと、皆が頑張って経営を立て直そうとしている。

それでも、今している努力だけでは足りないということがはっきりとわかった。

——なんとかしなくちゃ……。

胸の奥から焦りとも不安ともつかないものがぐうっと迫《せ》り上がってくる。敵情視察と意気込んでいたくせに情けない。そう己に発破をかけてもどうにもならず、周は目の前の皿を空にするためだけに手を動かし続けた。

その後、どうやって食事を終え、会計を済ませて店を出たのかわからない。

気がつけば来た時と同じように雅人の隣でタクシーに揺られていた。

道は渋滞しているのか、車の進みもゆっくりだ。この分だと時間がかかるだろうと思っていると、雅人が運転手に言って車を停めさせた。

「少し歩こう」

思いがけない言葉に驚いたものの、なにか考えがあるのだろうとおとなしくタクシーを降りる。

考えてみればこうして一緒に歩くのもはじめてだ。身長差の分だけ彼の方が歩くのが速く、追いつくのが大変だったけれど、それに気づいた雅人が歩調をゆるめてからは肩を並べられるようになった。

県道から細い脇道に逸れるとさすがに人の姿もない。

時折地面に飛び出した街路樹の根を避けながら、そうしてどれくらい歩いただろう。雅人が不意に立ち止まった。

「きみに言っておきたいことがある」

そう言って身体ごとこちらに向き直る。

「ひとりで抱えこまないように。どうか無理をしないでほしい」

慮《おもんぱか》るような眼差しに、自分を心配してくれているのだとわかるからこそこんな時は辛かった。そんな悠長なことなど言っていられない。ついさっき彼も同じ危機感を覚えたはずなのに、自分の前ではなかったことにされているようで周は強く首をふった。

「今のままじゃダメなんです」

「ライバルと張り合うために料理をしているわけじゃないはずだ。きみは言ったろう、自分の作ったもので人をしあわせにしたいと」

確かに言った。その言葉に嘘はない。今でも心からそう思っている。

でも、思いだけじゃダメなんだ。それではなんの解決にもならない。

うまく言葉にならず首をふるばかりの周を、雅人は真剣な表情で見下ろした。

「きみがどれだけの情熱を持って料理と向き合っているか、俺は知ってる。それは作ったものを通して必ず食べる相手に伝わるものだ。きみには料理に専念してほしいからこそ、それを支えるのが俺の役目だと自負している。そう思うのは迷惑か」

「迷惑だなんて……。それに、成宮さんはもうシエルを助けてくれたじゃないですか」

「店だけじゃない。俺は、俺のすべてできみを支えたいと思ってる」

「……それ、どういう……？」

言われている意味がよくわからなかった。だって、もう充分すぎるほどしてもらってる。

じっと見上げていると、雅人はしばらくためらった後で、意を決したように口を開いた。

「一度だけきみに触れた。あれも、きみの中ではなかったことになっているのか」

「……！」

キスのことだ。

あれ以来一度もそのことに触れなかったのに、今このタイミングで訊かれるなんて。だからなんと答えたらいいかわらず、できるだけ当たり障りのない言葉を引っ張り出す。

「男同士では普通、しませんよね」

「そうだな」

「成宮さんは、同性が恋愛対象なんですか？　だからお見合いも断ったんですか？」

「……一ノ瀬か」

雅人が途端に渋面になった。

「断っておくが、俺は違う。縁談のことも無関係だ」

「だったらどうして、そんなふうに気にかけてくれるんです」

「それはきみを……」

言いかけて、雅人ははっとしたように言葉を呑む。それから少し考えるように間を置いて、慎重に言葉を選んだ。

「……いや、やめよう。きみを縛りたくない。俺の都合に巻きこみたくない。綺麗事《きれいごと》を並べればそういうことだ」

「よくわかりません」

「そうだな。俺にもよくわからない」

静かな嘆息とともに腕が伸びてきて、逞しい胸に抱き寄せられる。

「こんなに揺さぶられるのははじめてなんだ。自分でも、どうにもならない」

「成宮さん」

どうして抱き締めたりするんだろう。

そしてどうして、自分はこんなにもドキドキするんだろう。

「もどかしいものだな。知らなかった。きみに出会ってはじめて知った」

絞り出すような声とともに 髪にあたたかな頬が触れる。それが彼なりのキスだと気づいた時には身体はあっさりと離れていった。

「すまない。忘れてくれ。一ノ瀬が言ったこともすべて」

「そんな急に……それに、勝手です」

「わかっている。俺の我儘だ」

「わかってるならどうして……おれ、どうしたらいいんですか」

これ以上は拙《まず》いと思うのに止まらない。雅人を詰《なじ》れば詰るほど、言葉の矢は自分の心に向かって突き刺さる。

「戻って休もう。きみを送り届けたら俺もすぐに帰る」

「こんな状況で休めるわけないじゃないですか。立ち止まったら後れを取るだけなんですよ」

「さっきも言ったろう。ライバルと張り合うことが目的ではないんだ」

「だったら！」

とうとう大きな声が出た。

「このまま黙って見てろって言うんですか。他の皆がシエルを立て直そうって必死に頑張ってるのに、おれだけなにもしないでいろって言うんですか」

「きみにはきみの料理がある」

「それしかない。それで負けてるんです！」

語尾を奪う勢いで叩きつける。言葉にした瞬間、自分の中でなにかがパリンと割れるのがわかった。

自分には料理しかない。それは嫌と言うほどわかっている。料理人なんだから当然のことだと思っていた。それを引け目に感じたことなどこれまでなかった。

料理は己と向き合う手段だ。だからコンクールで腕試しこそすれ、他者と比べることになんの興味も持たなかった。

けれど。

経営の観点から見れば客を取ったレストランが勝ちだ。どんなに素晴らしい一皿を拵《こしら》えても食べてもらえなければ意味がない。そしてまさに今、その現実にぶつかって打ちのめされている。どんな慰めも虚しいものでしかなかった。

「きみは、大切な料理人だ。他に代わりのいない唯一無二の存在なんだ」

噛んで含めるように言われて、頭の芯がすうっと冷える。

代わりに湧き上がったのは苛立ちだった。

「それは、ファンだから？」

「伊吹くん？」

「ファンだから、キスしたりするんですか？　自分だけのものにしたくて？」

「……」

痛いところを突かれたとばかりに雅人が口を噤む。

それを見た瞬間、もやもやとしたものがはっきりと形を成した。

――そう、か……。

そういうことだったのか。

両側に垂らしたこぶしを握り締める。胸に渦巻く感情は悔しさと呼ぶものによく似ていた。

ファンの域を超えて、自分自身を見てくれていると思いたかった。これまで他人に心を開いたことのない人が、秘書にプライベートを話すほど周のことを特別に思っていてくれたんだと。

でも、それは勝手な妄想だったんだ。

結局、自分には料理人としての価値がすべてだ。どんなに言葉を変えても、たとえ唇を重ねたってそこには埋めようのない溝がある。それなのに期待した。あのキスにどんな意味があるんだろうと仕事中もそわそわしたり、仲間にからかわれたり、それでも全然嫌なんかじゃなくて……。

――おれ、バカみたいだ。

強く唇を噛み締める。

悔しくて、虚しくて、空回った自分が情けなくて、それ以上に自分でも驚くほどショックを受けている己を直視するのが辛かった。あぁ、ほんとうにバカみたいだ。いつの間にこんなに強い気持ちを抱いていたんだろう。

――おれ……成宮さんのことが……。

心臓が早鐘を打つ。胸がドキドキして壊れそうだ。

けれどそれはしあわせな高鳴りにはほど遠く、絶望の鐘の音でしかなかった。

――成宮さんのことが、好きだったんだ………。

自覚した途端、目の前が真っ暗になる。自分の気持ちに気づいた瞬間に失恋するなんてほんとうに間抜けもいいところだ。ただでさえ同性に向けていい感情じゃない。同性愛嗜好《しこう》ではないときっぱり言いきった雅人相手にどうこうできるわけなんてなかった。

「……っ」

どうしようもない。誰のせいでもない。諦めるしかないんだ。どんなに悔しくても、悲しくても、現実は受け止めなければいけない。こんな行き場のない気持ちは押しこめてしまうしかない。

「成宮さんの言うことはよくわかりました。これから肝に銘じます」

心を無にして顔を上げる。

帰りましょうと先に立って歩き出した周に雅人はなにか言いたそうにしていたけれど、結局声がかかることはなかった。

＊

それからというもの、周は感情を殺して仕事に没頭するようになった。

自分にできることは料理しかないのだし、それで負けているというなら勝つまで打ちこむ以外ない。一本気な自分には効率よくやることも、頭脳戦で戦うこともできないけれど、その代わり気力と体力なら自信がある。根気だけは誰にも負けない。あの轟でさえ、本気で集中した時の周には音を上げることがたびたびあった。

それに――――。

生々しい胸の痛みに周は小さく嘆息する。摑み損ねた恋にいつまでも固執していたって先には進めない。だから今はできるだけ気を紛らわせ、時が癒してくれるのを待つのだ。

幸か不幸か、あれ以来雅人からの電話はなかった。彼がシエルを訪れることもない。時々一ノ瀬が訪ねてきては日下と打ち合わせをしているようだったが、大抵は周の知らない間に帰るようで、姿を見かけることもなかった。

顔を合わせないでいる間に自分を取り戻しておかなくては。シエルで働き続ける限り、切り離すことはできない存在だ。うまくやっていくしかない。彼が認めてくれた料理で役に立つしかないんだ。自分にできる最大限の、そのまた先を目指さなくては――。

かくして周は、突き動かされるように自分を追い立てていった。

朝から晩までの通常業務に加え、今は美食クラブの追いこみで深夜までの作業が続いている。轟がもういいと言っても周は頑として聞かず、クオリティを上げることに拘った。

少しでもバランスがおかしいところはなかったか、味は研ぎ澄まされていたか。香りは、口溶けは、喉越しは、余韻は――突き詰めるところは無限にある。どんなに小さな点であっても手を抜いたらすべてが崩れてしまいそうで、やってもやってもちっとも満足なんてできなかった。

どうすればホールをいっぱいにすることができるだろう。どうすれば店の外まで行列を作ることができるだろう、三倉のように。考えただけで胃がキリキリと痛んだ。

「……くそ……」

このところいつもこうだ。

食事をする時間も惜しくて、最近では賄いも厨房の隅で立ったまま食べている。そのせいで内臓に負担がかかっているのかもしれない。明日からは消化にいいものを自分の分だけ別に作ろう。お粥《かゆ》でも煮ておけばいい。

そんなことを思った時だ。

「う、……くっ……」

再び強い痛みが襲ってきた。

胃がぎゅうっと絞られるような感覚に立っていることもできず、ずるずるとその場に踞《うずくま》る。じっとしていればそのうち痛みも引くだろうと思いきや、時間が経てば経つほど脂汗が止まらなくなった。

――こんなこと、してる場合じゃないのに……。

薄目を開け、懸命に調理台に手を伸ばす。

早く立たなければ。早く仕事を再開しなくては。それなのにスローモーションのようにゆっくりと身体が傾いていく。ドクドクと鼓動が高鳴り、目を開けていることさえ苦しくなる。

「周！」

ドサリと床に昏倒《こんとう》したのと、名を呼ばれたのはほぼ同時だった。

日下が駆け寄ってくるのが見える。なにか言っているのが聞こえる。

けれど応えることもできないまま、抱き起こされると同時に周は意識を手放した。


目が覚めると、部屋がやけにあかるかった。

今日はずいぶんと天気がいいらしい。そんなことを思いながらぼんやりと天井を見上げていると、控えめなノックに続いて日下が部屋に入ってきた。

「目が覚めたんだね。よかった。気分はどう？」

ベッドに歩み寄った日下はなぜか心配そうな顔をしている。

「覚えてる？　周、昨日厨房で倒れたんだよ」

「え？　あ……」

そうだ。昨日の夜――。

じわじわと記憶が甦ってくる。胃の痛みをいつものことだとやり過ごそうとして、こらえきれず、そのまま床に倒れてしまったんだっけ。

「ずいぶん疲れが溜まってたんだね。周に負担をかけすぎてしまったこと、申し訳ないと思ってる」

「そんな……。おれの方こそ、ダメでごめん」

「どうしてそう思うの」

「だって……」

なにから話せばいいんだろう。気持ちばかりが焦ってうまく言葉にならない。

うろうろと目を泳がせていた周だったが、壁の時計が昼時を指しているのに気づいて我に返った。

「どうしよう。仕込みは？　ランチは？」

「轟さんがやってくれてるから大丈夫だよ。周はゆっくり……」

「おれ、今からでも出るっ」

シェフひとりにやらせてしまうなんてと勢いよく起き上がった途端、またも胃に鋭い痛みが走る。

日下に両肩を押し留められ、そのままベッドに戻された。

「ほら、また無理しようとしてる。今日は一日ゆっくり休んで、体調を元に戻すことだけを考えて。レストランの方なら轟さんがうまくやってくれるからって。ね？」

「でも」

なおも食い下がろうとする周に、日下は静かに首をふる。

「これはオーナーからの指示でもあるんだよ。今日一日は休ませろって」

「……どうして、知って……」

「僕が連絡したんだ」

美食クラブの開催が迫っているからと続けられてはっとした。

周が倒れたら残る料理人は轟だけだ。さすがに彼ひとりで当日を回すのは無理がある。手のかかる仕込みもある。周の体調いかんでは開催を遅らせる相談をさせてもらうかもしれないと雅人に電話で一報したのだそうだ。

「おれなら大丈夫なのに」

「そう言うと思ったから連絡したんだよ。これ以上無茶をさせるわけにはいかない」

「そんな……」

どうしよう。自分のせいで物事がどんどんよくない方に進んでいく。

雅人とギクシャクし、日下に余計な心配をかけ、轟にも迷惑をかけてしまった。その上、起死回生の企画である美食クラブの開催まで危うくするなんて。既に招待状は送られているだろう。初回を延期しては心証が悪い。二回目以降の開催にも関わるだろうし、目論見《もくろみ》のひとつである集客にも影響してしまう。

「おれ……っ」

あまりの不甲斐なさに両手で顔を覆ったその時、廊下の向こうから大きな足音が聞こえてきた。

思わず手を離し、日下と目を見合わせる。いくらスタッフ専用通路とはいえ、あそこまで足音荒く駆けてくるなんていったいどうしたんだろう。

バタバタとした音は部屋の前で止まるや、ノックもなく扉が開いた。

「無事か！」

「……成宮さん」

思いがけない訪問者に日下が慌てて向き直る。

周は声も出せないまま、ただ茫然と雅人を見上げた。

なぜこんなところにいるんだろう。どうしてそんなに慌てているんだろう。

現実に頭がついてこない。混乱している周をよそに、雅人は息を切らせながらベッドサイドに駆け寄ってきた。

漆黒のスリーピースに身を包んではいるものの、撫でつけたはずの髪は乱れ、後れ毛がいくつも額に影を落としている。いまだかつて彼がこんなに取り乱しているところを見たことがなかった。

「倒れたと聞いた。容態は」

恐いくらい真剣な声で訊ねられる。それに答えなければと思うのだけれど、どうして、どうしてと訊きたいことばかりがあふれてきて、喉に閊《つか》えてうまく言葉にすることができなかった。

「さっき目を覚ましました。今日は絶対安静で休ませます」

代わりに日下が報告すると、雅人はようやく少しほっとしたように息を吐く。

「そうしてくれ。くれぐれも無理をさせないように」

「はい」

「それから、シェフもひとりでは回らないこともあるだろう。厨房に助っ人《すけと》が必要なら心当たりを探させる。後で相談して一ノ瀬に連絡してほしい」

「わかりました」

矢継ぎ早に指示を出した雅人がおもむろに周に向き直るのを見て、日下は一礼するなり静かに部屋を出ていった。

ふたりきりになった途端、部屋の空気が重たくなる。

喧嘩別れのような終わり方をしてからはじめて顔を合わせるのだ、無理もない。なにより、いまだ癒えない心の傷が雅人を前にした途端にズキズキと疼いた。

せめて料理だけでも徹底的にやらなければと思っていたのにこの有様だ。みっともない。情けない。こんなところ彼にだけは見られたくなかった……。それでもこうなった以上、きちんとお詫びだけはしなくてはと周は痛みを押してベッドの上に身体を起こした。

「成宮さん。おれのせいでご迷惑をおかけして、ほんとうに申し訳ありませんでした」

両手を握り締めながら雅人に向かって頭を下げる。

どうしてこんなことになったのか、経緯を話せば聞いてくれるだろう。けれど今はなにを言っても言い訳にしかならない気がして、周は口を噤むために強く唇を噛み締めた。

雅人はなにも言わない。きっと怒っているんだろう。せっかくお膳立てをした計画を、料理人自ら台無しにするところだったんだから当然だ。

ますます身を縮こまらせる周の肩に、不意にあたたかなものが触れた。

「きみの一本気な性格をきちんと理解していなかった俺のミスだ。俺の方こそすまなかった」

「……え？」

思いもよらない言葉にそろそろと顔を上げる。

雅人は、自分の方が痛みをこらえるような顔でこちらを見ていた。

「三倉を視察したきみがその後どう行動するか、考えなかったわけじゃない。それでも、倒れるまで自分を追い詰めるとは……」

「申し訳、ありません」

「責めているわけじゃない。むしろ、そのまっすぐなところはきみの美点でもあるだろう」

雅人はきっぱりと言いきると、椅子を持ってきて腰を下ろした。

「あの店で食事をしながらきみが心ここにあらずなのは気づいていた。戻ってからは料理をよりよくすることで頭がいっぱいだったんじゃないか？　以前きみは言っていたな、料理以外のことにまるで頓着しないと。食事はきちんと摂《と》っていたか？　睡眠は？」

「……」

まるで返す言葉もない。立ったまま賄いを掻きこみ、ひどい時にはそれさえも摂らず、睡眠時間をギリギリまで削って厨房に立っていたと言ったらどんな言葉が返ってくるだろう。

無言のまま俯く周に雅人はおおよそを察したらしく、静かにため息をついた。

「直向《ひたむ》きに頑張ることは素晴らしい。だが、キャパをオーバーすれば元も子もない。無茶は無茶だ。わかるな？」

「はい……」

喉の奥が詰まったように息苦しい。

そっと唇を噛むと、まるで痛みを半分引き受けるというようにやさしい手が髪を撫でた。

「支配人から電話をもらった時、目の前が真っ暗になった。きみにもしものことがあったらと……」

すぐに今日の予定をすべてキャンセルして駆けつけようとしたが、当日では動かせないものもあり、どうしても必要な仕事だけを片づけて取るものもとりあえず高速を飛ばしてきたのだという。

「それじゃ、他の仕事……」

「後でなんとかする」

「なんとかって……そんなことしたら今度は成宮さんが倒れます。おれよりもっと忙しいのに」

「そのために秘書がついている。俺のことは大丈夫だ」

強い口調で言いきられ、それ以上言葉を継げなくなる。仕事にまで影響を及ぼしてしまったのかと思うと、申し訳なさといたたまれなさにただただ頭を下げるしかなかった。

髪を撫でていた雅人の手がゆっくりと滑り降りてくる。確かめるように頬を包まれたかと思うと、しばらくして頭上から小さな嘆息が降った。

「きみが無事で、ほんとうによかった」

「……あ……」

てっきり呆れられるのかと思っていたから、思いがけない言葉に一瞬反応が遅れる。

おそるおそる顔を上げると、雅人はなぜかとても苦しそうな表情をしていた。

「きみを追い詰めるような真似をしてしまったことを心から申し訳なく思っている。……俺は自分を押しつけてばかりだ。きみの気持ちを逆撫でして、不愉快な思いばかりさせたな」

「な……、なに言ってるんですか。そんなことないです」

周はぶんぶんと首をふる。

「それを言うならおれの方です。おれが勝手に、期待したから……」

彼ははじめから自分のことを料理人として見ていたにも拘わらず、自分にだけは心を開いてくれていると自惚《うぬぼ》れていた。ひとりで勝手に期待して、勝手に失望しただけだ。

「きみに期待してもらえることがあったのか」

雅人が自嘲に顔を歪める。

けれど、それもすぐに力ないため息に塗り替えられた。

「俺は狡《ずる》い人間だ。ほんとうの俺を知ったらきみは呆れるだろうな。その言葉を、自分に都合のいいように受け取りたいなんて」

「成宮さん……？」

どういう意味だろう。彼が狡いだなんて思わない。狡いのはむしろ自分だ。同じ男でありながら、許されない想いを抱いてしまった自分の方がよっぽどいけない。

こんな気持ちを秘めていると知ったら彼はなんて言うだろう。同性からそんな目で見られていると知ったら彼はどう思うだろう。軽蔑されるだろうか。嫌悪されるだろうか。想像するだけでズキリと胸に痛みが走る。さっきまでの胃痛など比べものにならない重い痛みに息をすることもままならず、周は無意識のうちに唇を噛んだ。

「いけない。傷になる」

「あっ」

指で唇に触れられた瞬間、肩がびくっと跳ねる。

それを拒絶と取ったのか、すぐに離れていこうとする雅人の手を周はとっさに両手で掴んだ。

「あの…っ、あ、あの……嫌とかじゃないですから。びっくりしただけですから」

必死に訴える周に、はじめは驚いていた雅人もややあって表情をゆるめる。

「きみは、ほんとうに……」

やんわりと手を解かれ、代わりにゆるくつなぐようにされた。

――成宮さんが、手を……。

この期に及んでもうれしいと思ってしまう。もう二度と触れ合うことなんてないと思っていたから。

けれどその一方で、気持ちを隠したままこうしていることに罪悪感も浮かんでくる。ほんとうなら
周の方から手を離さなければいけない。もう大丈夫ですと言って彼を安心させなければいけない。

それなのに。

――離したくない。ずっとこうしていたい。

そんな子供じみたことで頭がいっぱいになってしまう。

不意に、雅人がふっと表情をゆるめた。おだやかなのにどこか寂しそうにも見える。それを諦観と
いうのだと思い至った瞬間、頭の中で警鐘が鳴った。

「きみはやさしい。俺を受け入れようとしてくれて……。唇に触れるのも、こうして手をつなぐのも、
一度も嫌と言わない」

「それは……」

嫌じゃないからだと言えたらいいのに。

「言えないんだろう？　きみは、やさしいから」

「違っ…」

「ありがとう。俺を許してくれて」

言葉を選んでいるうちにあっさり幕を下ろされてしまう。一方的に話を終わらせようとする雅人にこの時はじめて腹が立った。

「違います！」

離されかけた手を力をこめて握り締める。

「俺は、嫌なことは嫌って言います。黙って我慢できるほど忍耐強くなんかありません。成宮さんはおれを誤解してます。すごくいいものみたいに思ってる」

ほんとうのことを知ったら幻滅するくらいに。

一心に訴える周に、今度は雅人が首をふった。

「たとえきみが認めなくても、この俺が断言する」

「成宮さん」

「何度でも言おう。俺にとって、きみは他に代わりのいない、とても大切な存在なんだ」

息を、呑んだ。

雅人の纏う空気がこれまでとはあきらかに違う。強い眼差しにまっすぐに射貫《いぬ》かれ、指を絡めるように手をつながれて鼓動は早鐘を打ちはじめた。

いけない。そんなふうにされたら勘違いしてしまいたくなる。

「ありがとうございます。ただの料理人がもらうにはもったいないぐらいの言葉ですよね」

へへ、と照れ笑いでごまかそうとしたのだけれど。

「ただの料理人だなんて思っていない」

「え……？」

「きみを料理を作るだけの人間だと思ったことは一度もない。少なくとも、ここで会ってからは」

強い口調で言いきられ、ごくりと喉が鳴る。

——じゃあ、どんな……？

雅人は気持ちを落ち着けるようにゆっくりと深呼吸をした後で、あらためて口を開いた。

「きみとの出会いは、確かに料理がきっかけだった。この店の経営に関わることになったのもきみがここにいたからこそだ。そういう意味で、俺はきみの作るものに執心していたと言っていい」

だが、と言葉を切った雅人は、過去と決別するように首をふる。

「きみという人間を知るうちに、それだけではないなにかが生まれた。きみの裏表のないまっすぐさ、料理への直向きさは俺にはとても眩しかった。大事なものを守ろうとする一途さや、頑張りどころを間違えて倒れるまでやってしまうのも含めて、きみという人間を大切に思っている」

「成宮さん……」

そんなふうに言ってもらえるなんて。

じわじわと胸の奥から熱いものがこみ上げてくる。つないでいない方の手でそっと頬に触れられて、そのひんやりとした感触にほっと息を吐いた。

「少し赤い」

「あの……」

「俺がそうさせているんだと自惚れてもいいか」

あぁ、どうしよう。彼の言葉で直接心まで撫でてもらっているみたいだ。

照れくささに一度目を伏せ、それでも応えたくて上目遣いに見上げた周は、思いきって頷いた。

「きみを見ているとどうしようもない気持ちにさせられる。こんなことははじめてで、それがどういうことか理解するまで時間がかかった。わかってしまえば単純な話だったんだが」

雅人は苦笑しながらつないでいない方の手で乱れた髪をかき上げる。いつにない男らしい仕草に見惚れていると、それに気づいた彼は、すい、と漆黒の目を細めた。

「きみは以前、俺を落ち着いていると言ってくれたことがあったな。あれも、きみの前で格好つけていたかっただけだと知ったら呆れるか。きみに頼られる人間になりたい、きみの助けになりたいと。……要は、いいところを見せたかったんだ」

雅人は「大人のくせにな」とはにかみ笑う。はじめて目にする表情に胸は痛いほど高鳴った。

「きみが、俺を受け入れてくれたからだ」

「おれが？」

「俺の心と向き合ってくれた。立場や家のことには目もくれず、俺自身と話をしてくれた。だから、そんなきみにならほんとうの自分を見せられると……。俺を知ってほしいと強く思った。後にも先にもきみだけだ。こんな気持ちを抱いたのは」

熱っぽい言葉でかき口説かれて頭の芯がぐらぐらとなる。自分では当たり前のことをしていただけなのに、そんなふうに思っていてくれたなんて。

あぁ、だめだ。都合のいいようにしか聞こえない。期待するなという方が無理だ。

それでも邪《よこしま》な想いが透けて見えてしまわないように目を閉じた瞬間、グイと手を引かれた。

「あっ……」

一瞬、なにが起きているのかわからなかった。

頬に触れたスーツの感触に抱き締められているのだと気づく。両腕を背に回され、離すまいとするかのように一層力をこめられて、いけないと思いながらも胸が高鳴った。

「俺は、きみを大切に思っている。きみの作る料理じゃない。きみ自身をだ」

触れ合ったところから直《じか》に雅人の声が染みこんでくる。

——こんなことが、ほんとに……。

うれしくて涙が出そうになる反面、同じだけの不安もこみ上げてきた。

察しのいい人だから、もしかしたら周の気持ちに気づいたのかもしれない。それで、こんなことをしてくれたのかもしれない。

「ありがとうございます。でも……」

これ以上気を遣わないでほしいと、やんわり距離を取ろうとするのを逞しい腕が阻んだ。

「離したくない」

耳元で低い声に囁かれ、ぞくん、と身体がふるえる。

「なる、みや……さん」

髪に触れたのが彼の唇だったと気づいた瞬間、どうしようもなく胸が疼いた。

——好きだ。おれ、やっぱり成宮さんが好きだ……！

もう気持ちを押しこめるなんてできない。なにもなかった頃には戻れない。

意を決して見上げた先には情熱的な瞳があった。漆黒の双眸《そうぼう》に宿る情愛。仕事相手や友人に向けるのとは違う、欲望すら滲ませた眼差しにこのまま吸いこまれてしまいそうだ。

そうなったらどんなにいいだろう。彼とひとつになれたらどんなにか……。

想いをこめて見つめる周に、雅人は万感の表情を浮かべた。

「そんな目で見られたら黙っていられそうにない。きみを困らせるとわかっていても」

「成宮さん」

「きみが好きだ」

その瞬間、すべての音が消える。

息をすることも忘れて周はただただ雅人を見上げた。

「きみが好きなんだ。好きで好きで、おかしくなりそうなほど」

——ほんとう、に……？

うれしすぎて息もできない。こんなことがあってもいいんだろうか。

どれだけ目で訊ねても雅人の眼差しは揺るぎなく、真剣で恐いくらいだ。そんな情熱に煽られるように周も思いきって口を開いた。

「おれもです」

「どういう意味か、訊いてもいいか。俺は恋愛対象としてきみを見ている。もしきみにそのつもりがないのなら……」

「あります！」

自分でも驚くほどの大声が出た。

「おれも、成宮さんのことが好きです」

「ほんとう…、なのか」

雅人の声がわずかにふるえる。信じられないと目を眇めながらも、それでも信じたい気持ちが熱となって双眼に宿り、彼の複雑な心中を見せつけていた。

戸惑う気持ちは手に取るようによくわかる。自分も同じだからだ。

だからこそ、周は素直に胸の内を打ちあけた。

「成宮さんは同性愛者じゃないし、おれも違うのに、気づいたら好きになってて……。せめて料理で役に立ちたくて頑張ったのに、それもうまくできなくて……。ずっといけないことだって思いながら、あなたのことを……」

「なぜ、いけないことだと思うんだ」

「迷惑ばかりかけるから」

「構わないと言ったら？」

「そんな」

「俺だけの特権だと言ったら？」

「成宮さん……」

そんなふうに言ってくれるなんて、胸が詰まって言葉にならない。

雅人もようやく気持ちが追いついたのか、しみじみと漆黒の目を細めた。

「そうか……きみも、俺のことを……」

何度も確かめるように呟く。雅人は大きく息を吸いこんだ後で、晴れ晴れとした顔でこちらを見た。

「もっと早く伝えればよかった。そうすれば、きみを苦しめることもなかった」

「いいえ。おれがいけなかったんです。生意気ばかり言ったから……」

「言わせてしまったのは俺の責任だ」

「だってそれはおれが」

お互いに畳みかけたところでふと我に返り、どちらからともなくぷっと噴き出す。

「……変なの」

「ほんとうだな」

おかげで緊張の糸も解け、ようやくほっと息を吐いた。

「きみにはみっともないところをたくさん見せた。大人としての威厳を欠いたが許してほしい」

「そんなこと気にしてたんですか。……なんだか成宮さんがかわいく見えてきたかも」

「伊吹くん？」

「だって、それだけ真剣に考えてくれたってことでしょう？　そんなのむしろうれしいですよ。人間らしいなぁって思うから」

そう言うと、雅人は「やられた……」と呟きながら目元を覆う。

どうしたのかと思っていると、ややあって深く嘆息しながら雅人がもう一度こちらを見た。

「きみを好きになってよかった」

「成宮さん」

「ありのままを受け入れてもらえることがこんなにうれしいなんて知らなかった。生まれてはじめて、救われた思いだ」

そんな大袈裟《おおげさ》なと言いかけて、周ははっと口を噤んだ。

そういう世界で生きてきた人だ。常に期待に応え続けることを求められてきた。そのままでいいと言ってくれた人間なんてこれまでひとりもいないだろう。自分を除いては。

「おれはそのままの成宮さんが好きですよ。格好よくて、仕事ができて、厳しくて、でもやさしくて、不器用なところもあるけどすごく誠実な人だって知ってます」

「持ち上げすぎだ」

「いっぱい言いたい気分なんです。いっぱい、あなたのことを好きって言いたい」

「まったく……。きみはどこまで俺を揺さぶる気なんだ」

困った顔をしながらも、うれしいと書いてあることがちゃんとわかる。だから周は思いきって少し甘えてみることにした。

「成宮さん。おれのこと、ちゃんと名前で呼んでください。他人行儀な『きみ』じゃなくて」

「……伊吹くん？」

「ブー、外れ」

頬を膨らませた途端、雅人が目を瞠るのがおかしい。

「ちゃんと名前で呼んでください」

「周、くん」

「よかった。覚えててくれて」

「当然だろう。きみのことならなんでも把握している自信がある」

「成宮さん、それじゃストーカーみたいですよ」

「なんだと」

心外なとばかりに眉を寄せるのさえおかしくて、周はとうとう声を立てて笑った。

「成宮さんには『周』って呼んでほしいんです」

「周」

「はい」

返事をした途端、胸がきゅんと甘酸っぱく疼く。

「へへへ……。くすぐったいですね。でも、うれしい」

名前を呼んでもらうだけでこんなにしあわせな気持ちになるなんて知らなかった。

そう言うと、なぜか雅人はいいことを思いついたとばかりに身を乗り出してきた。

「それなら、俺の呼び方も変わるんだろう？」

「え？　えっと……ま、雅人さん……？」

思いきってその名を唇に乗せた途端、雅人の纏う空気が甘くやわらぐ。

「これは驚いたな。お手上げだ」

「ですよねぇ」

ふにゃふにゃと力の抜けた顔で笑うと、雅人もまた極上の笑みでそれに応えた。

大きな手が伸びてきてやさしく頬を包まれる。感触を確かめるように二度、三度と肌を撫でた指先が顎を伝い、頤《おとがい》を掬うようにして上向かされた。

至近距離に迫る漆黒の瞳にはあふれるほどの情愛と熱がたたえられている。

期待に喉がこくりと鳴った。それが恥ずかしくてしかたないのに、それでも目を逸らせない。

「周……」

耳元に口を寄せられ、艶めいた低音に囁かれて、心臓が大きくドクンと跳ねた。

「きみに、キスをしても？」

「……もう。訊かないでください」

遠回しなイエスに雅人がくすりと笑うのが気配でわかる。

「周。愛している」

「おれも、です……」

寄せられる愛《いと》しい唇に、周は万感の思いで瞼を閉じた。


雅人が再びシエルを訪れたのは、それから一週間後のことだった。

打ち合わせが終わるなり賄いもそこそこに雅人の車に押しこまれ、近くの貸別荘に連れてこられた。

最初からここに一泊するつもりだったらしく、どうりで鍵の手配も部屋の用意もきちんとしている。

それならいつものようにシエルに泊まればいいのにと呟く周に、雅人は苦笑しながら「恋人の痴態は人に見せない主義なんだ」と耳打ちした。

つまり、そういうことだ。

それからは交代でシャワーを浴び、髪を拭く間も惜しんで貪るように唇を重ねた。

「ん……、ふ、っ……」

縺《もつ》れ合いながら広いベッドに押し倒される。

手際よくバスローブの紐《ひも》を抜かれ、前を左右に開かれて、あっという間に肌を晒《さら》した。

「やっ……」

とっさに襟を掻き合わせようとして、両の手首を戒められる。

「見たいんだ。周」

くちづけとともに落ちてきた声は昂奮に掠れていた。雅人の熱に当てられてこちらまで身体が熱くなる。首筋へと這《は》っていった唇に薄い皮膚を甘噛みされ、強く吸われて、愛の証《あかし》の花が咲いた。

「あまね」

愛しくてたまらないというように大切に名前を呼ばれる。熱っぽい唇が顎のラインを辿って耳朶へ、そしてこめかみへと何度もキスをくり返しながら上っていくほど胸が鳴りすぎて苦しくなった。

頭がクラクラする。

好きな人と抱き合っているだけで、こんなにもしあわせな気持ちになるなんて。

「雅人さん」

だから周からも手を伸ばして愛しい人を抱き締めた。

「大好きです」

もうなにも隠さなくていい。想いのままに告げていいんだ。こうして言葉にするたびに実感する。

雅人はそれを証明するようにぎゅっと抱き締め返してくれた。

「俺もだ」

想いを受け渡すように唇を重ねる。キスをするたびに好きという気持ちがあふれて、どんなに差し出しても追いつかないくらいだ。そしてそれ以上に、触れ合ったところから雅人の愛情が流れこんできて胸の中をいっぱいにした。

「ん、んっ……」

唇の間から熱い舌が入ってくる。ざらりとした肉厚の舌で自分のそれを擦られ、巻きつけるように吸い上げられて思わず身体がビクンと跳ねた。

息苦しさでぼおっとなったところを、今度は舌全体を使ってぬるぬるとやさしく口内を愛撫され、うっとりとなる。紅を引くように下唇を舐め辿られてあまりの心地よさに陶然となった。

「はぁっ……ん、っ……」

どうしよう、こんなキスなんて知らない。これまで交わしたどれより甘く、深く、ずぶずぶと溺れてしまいそうになる。必死に雅人のバスローブの袖を握り締めると、それに気づいた恋人が喉の奥でククッと笑った。

最後にくちゅりと音を響かせて雅人の唇が離れていく。くちづけの名残を惜しむようにふたりの間に銀糸が伝った。

「あ……」

気恥ずかしさと同じだけの熱が一気に噴き出す。

「いい顔だ」

艶然と目を細めた雅人に舌も露わに唾液を舐められ、ドキドキしすぎて心臓が壊れるかと思った。そんな周を煽るように再び首筋に顔を埋められ、そこから鎖骨へ、そして胸元へと唇が降りてくる。そのいちいちに息を荒げ、胸を上下させてしまうのがたまらなく恥ずかしかったのだけれど、雅人の唇が胸の突起を掠めた瞬間それすら考えていられなくなった。

「んんっ」

感触を確かめるように唇で二度、三度と啄《ついば》まれる。くすぐったいような、けれどそれだけではない不思議な気分だ。何度か先端を揉《も》むようにした後で、熱い口内へと迎えられた。

「あ、……あぁっ……」

やんわりと歯を立てられ、本能的に身を竦ませる。けれど痛みはなく、じわじわと広がるのは甘い疼きだけだった。根元をこりこりと刺激されたかと思うと、括り出された突起の先を濡れた舌でつつかれる。敏感なところを執拗《しつよう》に攻め立てられて周は悶《もだ》えるしかなかった。

「ど、して……おれ…、んんっ……」

そんなところに触れられて感じるなんて知らなかった。自分がこんなふうになるなんて。

もう片方はうずうずと刺激を待ち侘《わ》びていたのか、指先で軽く弾かれただけで電気が走ったようにビリッとなる。はじめての感覚に翻弄され、別の器官になったかのようだ。指でやさしく押し潰され、揉みこまれているうちに芯が凝《しこ》り、ふっくらと上を向いて尖るのがわかった。

もっともっととねだっているみたいで恥ずかしい。

そんなわずかに残った羞恥ですら、ねろりと舐め上げられた瞬間に霧散した。

「あぁっ」

身体が若鮎《わかあゆ》のようにびくんと跳ねる。まるで制御できない。熱い唇に包みこまれ、ちゅくちゅくと音を立てて吸われる甘い責め苦に頭の芯が焼ききれそうだ。

覚えのある熱がじわじわと下肢に集まっていく。

このままじゃほんとうにどうにかなってしまう。

「……ま、雅人、さ……」

身悶えながら恋人の髪に指を梳《す》き入れると、雅人は少しだけ顔を上げた。

「どうした。嫌か」

「そんなわけ、な…、あっ……」

話している間もじっとしていない指先にたちまち意識を持っていかれる。

「嫌なら言っていいんだぞ」

「そ、そんなことないから困ってるんですっ」

正直に言うと、雅人は一瞬動きを止めた後で小さく噴き出した。

「それは光栄だ」

しっかりお礼をしないとなと言い置いて、今度はもう片方にもくちづけられる。既に指でたっぷり弄《いじ》られ、ツンと上を向いて尖っていた花芽は、熱く濡れた感触に痛いほど甘く疼いた。

「や、ぁ……ダメ、んっ…、そんなの……」

強すぎる刺激に頭をふって懊悩《おうのう》する。

胸から顔を上げた雅人にやさしくくちづけられ、縋るように恋人を見上げた。

「あぁ、かわいいな。ぐずぐずだ」

「だ、だって……」

「これからもっとすごいことをするんだぞ。それとも、やめたいか？」

低い声とともに漆黒の双眸に覗きこまれる。そうしていると心の中まで見つめられるようで、周はふるふると首をふった。

身も心も素を晒して嘘なんてつけない。それに、ほしいと思うのは正直な気持ちだ。そして自分がそうであるように、彼にも自分をほしがってもらいたかった。

「やめたくない。雅人さんが、ほしいです」

「よく言えたな。俺もだ。……心配するな、ゆっくりする」

安心させるようにぎゅうっと抱き締められ、顔中にキスの雨を落とされる。重なった身体からいつにない熱を感じて胸がいっぱいになってしまった。

バスローブ一枚がもどかしい。その肌を直に感じたい。

思いきって雅人の襟に手を伸ばすと、恋人は察したように自分から紐を引いた。

「わ……」

真っ白なバスローブを肩から落とした途端、雅人の逞しい身体が露わになる。すらりと三つ揃いのスーツを着こなしていた彼が着痩せするタイプだったのだとはじめて知った。

きれいに筋肉のついた厚い胸板。引き締まった腰から下肢にかけての艶めかしいライン。そして、中心で熱を主張している彼、そのもの――。

自分とはまるで違う、雄々しくそそり立つ欲望に目が釘付《くぎづ》けになる。

――雅人さん、昂奮してるんだ……。

己の痴態に少なからず感じてくれていることを知って、ぶわっと身体が熱くなった。

「周……」

身体を倒した雅人がぴったりと肌を重ねてくる。そうして胸を、腹を、そして猛《たけ》った下肢までをも擦り合わせるようにされると、頭がくらくらするような快感が身体の奥から迫り上がってきた。

人肌がこんなに心地いいなんて知らなかった。

彼の熱がこんなに愛しいなんて知らなかった。

「はぁっ……ん、っ……」

だからもっと。もっとほしい。

そんな思いが伝わったのか、熱いくちづけとともに愛撫が再開される。雅人の大きな手が隅々まで身体を暴いていくのを周は歓喜とともに受け入れた。

胸から脇腹へ、肋骨《ろっこつ》を一本一本数えるように撫で下ろした手が腰を辿り、腰骨の窪《くぼ》みを指先で味わうようにして足のつけ根に至る。巧みにタッチを変えながら熾火《おきび》を灯すように熱を煽られ、無意識のうちに腰が揺れた。

「んっ」

ちゅっと音を立てて離れた唇が、今度は指の軌跡を追いかけるようにして下へ下へと降りてくる。

「あ、ぁっ……ん、んっ……」

鳩尾《みぞおち》から臍《へそ》の辺りまで舌も露わに舐め辿られて、羞恥と快感に頭の芯がぐらぐらとなった。

「きみの身体はどこも甘いな」

「なに、言って……」

そんな睦言《むつごと》にさえ感じすぎて声がふるえる。周自身からとぷんと透明な滴が伝ったのを見て、雅人は妖艶に笑いながら手を伸ばしてきた。

「待ちきれないようだ」

「やんっ」

触れられた途端、ビリッと電気が走ったように身体が跳ねる。

けれどすぐに、自分のものとは思えないような声に周は目を瞠った。

「待って！　違う！　違いますから今の！」

「くっくっくっ……。そんな声も出せるのか」

「だから違うって、言っ……ん、んっ」

懸命に否定する間にも節くれ立った指が淫《みだ》らに巻きついてくる。形を確かめるように根元から先端へと扱《しご》き上げられ、親指の腹で括《くび》れをなぞられて息を呑んだ。

「嫌じゃないといいいんだが」

「そ、んなこと……なっ…、ん……」

あまりの気持ちよさに腰がふるえる。張り出した膨らみをくるりと撫でられ、さらに先端の割れ目をこじ開けられて、ビリビリと鋭い快感が駆け抜けた。

「はぁ、っ……」

もはや逃げを打つこともできない。ただただ巧みな愛撫を前に翻弄されるしかなかった。

「ダメ、雅人さ……そんな……」

「かわいい、周」

「待っ…、んっ」

瞬く間に快感が強まっていく。なされるがまま欲望は張り詰め、今にも弾けてしまいそうだ。

こんなに淫らで恥ずかしい。なのに自分では抑えられない。どうしたらいいかわからず唇を噛んでこらえていると、それに気づいた雅人がその上からやさしいキスをくれた。

「昂奮すれば勃《た》つ。男ならなにもおかしくない」

直截《ちょくさい》な言葉に驚くあまり、思わず目を見開いてしまう。

「なんだ。俺が言うとおかしいか」

「だって……全然、想像つかないです」

「俺が品行方正な人間だと思ったら大間違いだぞ」

「そう…、なんですか？」

「とても褒められたものじゃない。周のことを想ってしている」

こんなふうに、と添えていた手を上下に動かされ、その意味を身体で理解した。

「え？　えっ？」

「そんなに驚くことか」

「だって……おれのこと、ですか」

「好きな相手に焦がれてなにがおかしい」

「だって、そんなの、おれが見たいです」

彼はどんなふうに自身に触れ、その時どんな表情をするのか。知りたくないわけがない。

大真面目に答えたのに、おかしかったのか、なぜか盛大に笑われてしまった。

「きみはまったく……」

「そんなに笑わなくてもいいでしょう」

「きみはしないのか。自分ではここに触れない？」

「あっ」

再びゆるゆると手を動かされ、引きかけていた熱がぶり返す。その心地よさに酔いながらも周は何度も首をふった。

「し、しません」

「ほんとうのことを言っていいんだぞ。はしたないだなんて思わない」

「しません。ほんとに」

「身体が反応したりしないのか」

「そういうのは、あるけど……でも、まだ雅人さんのことも知らないのに、そういうのは……」

「俺を、覚えたかった？」

気恥ずかしさをこらえてこくんと頷く。

手が止まったと思ったら、やがて小さな嘆息とともに「参ったな」という低い声が降ってきた。

「きみを知れば知るほど好きになる。勘弁してくれ、際限がない」

「あっ……」

それまでとは打って変わって雅人の手淫が激しくなる。敏感な裏筋を擦るようにして扱き上げられ、一気に高みへと連れていかれた。

「あぁっ、ん……ダメ…、そんな、したらっ……」

「達《い》ってごらん」

「んっ」

耳元で低音の美声に唆され、ぞくぞくとしたものが背筋を伝う。それをさらに翻弄するかのように
グリッと強く抉《えぐ》られた。

「あっ、ダメ、雅人さ……、待っ、て……っ」

息ができない。声も出ない。頭の中が真っ白で、飛ぶこと以外考えられない。

はくはくと喘《あえ》ぎながら覚えのある波に攫《さら》われてゆく。

「んんっ、……も、達く、ぅ……」

「周」

「あ、っ――……」

絶頂を極めた瞬間、勢いよく白濁が散る。蜜の放出は一度では収まらず、二度、三度と続けざまに
花芯《かしん》をふるわせては自身の白い腹を汚した。

「は、ぁっ……はっ、…ん……」

目を閉じていても瞼の裏がチカチカする。

「大丈夫か」

整わない呼吸の中、やさしいキスに促されるようにしてようやくのことで目を開けた。

「待ってって……、言ったのに……」

快楽と羞恥の波にいまだどっぷりと浸《つ》かりながら、照れ隠しに恨みがましく恋人を見上げる。

雅人に目尻を吸われてはじめて、自分が涙ぐんでいたことに気がついた。

「抑えが効かなかった。想像以上だ」

「どんな想像してたんですか」

「聞きたいか？」

「……遠慮します」

笑いながら自身のバスローブで残滓《ざんし》を拭ってくれた雅人は、さりげなくポケットからなにかを取り出す。

「それ……？」

「潤滑用のジェルだ」

さらりと言われたかと思うと、チューブからゼリーを絞り出されてまたも頬が熱くなった。

「も、持ってきてたんですね」

「きみの身体に負担がないようにしたかったからな」

足を割られ、後孔にひたりと冷たいものを押し当てられる。

「んっ」

「慣らすだけだ」

「あの、それならおれが」

ただでさえ自分ばかり気持ちよくしてもらって、その上さらに準備の手間までかけるなんて。

そう言うと、雅人は困ったような、なのにうれしくてしかたがないような複雑な顔をした。

「そういうのも見てみたい気もするが、まだ早いな」

「え？」

「最初は俺に任せてくれ。悪いようにはしないから」

「あっ、ん……」

長い指で蕾にジェルを塗《まぶ》される。やがて狙いを定めたようにぬくりと壁を押し開かれて、はじめての感覚に身体がふるえた。

「大丈夫だ、力を抜いて。痛がることはしない」

「ん……」

ゆっくりと指を差し挿《い》れられ、慣れるまで待ってから引き抜かれる。じわじわと入口を広げられ、内壁を擦るようにされて、身体の内側に触れられることを少しずつ覚えさせられた。

むずむずするような、落ち着かないような、不思議な感覚だ。

ジェルのおかげで引き攣れるような痛みはないし、雅人が慎重に進めてくれるから負担も少ないけれど、その分吐精を促された時のような熱に浮かされた感覚はなく、気恥ずかしさが勝ってしまう。

そして一度意識してしまうと恥ずかしくてたまらなくなった。

こんなこと、相手が雅人じゃなかったら絶対にできない。

けれどそれは裏を返せば、雅人と抱き合うためならどんなことも厭わないということだ。

——だってひとつになりたい。

自分の中の素直な声に、心臓が大きくドクンと鳴る。

そう。だって相手が雅人だから。恥ずかしくてたまらないけれど、それでもほしい。そして自分をほしがってほしい。ありったけで結ばれたい。

「は、ぁっ……」

想像しただけで熱い吐息がこぼれ落ちる。

それを痛みと誤解したのか、心配そうな声が「周」と自分を呼んだ。

「辛いか」

瞼を上げると、気遣わしげな雅人と視線が絡む。

「いいえ。大丈夫です」

少しでも安心してほしくて、周は大きく首をふった。

自分だって上り詰めたいだろうにそんなそぶりはちっとも見せず、こちらの身体を気遣ってくれる雅人に愛しさが募る。気づいた時には周からも腕を伸ばし胸に頭を抱き寄せていた。

「ね……。恥ずかしいから、一度しか言いませんからね」

「うん？」

「……早く、雅人さんが…、ほしいです」

口にした瞬間、頬がかあっと熱くなる。

わずかに身を起こした雅人は確かめるように顔を覗きこんできた。

「周。急がなくていい」

「違います。そんなことないです。だって、おれ……っ」

その先を訴えるように内壁がひくんと収縮し、中にいた雅人の指を甘く食む。一度その感覚を覚えてしまうとあとはもう済《な》し崩しで、隘路《あいろ》は勝手に蠢動《ぜんどう》をくり返しながら奥へ奥へと恋人を誘った。

「困った子だな。どこで覚えたんだ」

「雅人さんが、教えたんじゃないですか」

「かわいいことを」

含み笑った雅人に中の指をグイと突き挿れられる。

「あぁっ」

ビリビリとしたものが下腹を覆い、一瞬で達しそうになった。すぐさま自身に手を伸ばして吐精をこらえる。身悶えている間にも立て続けに二本、三本と指を埋めこまれ、慣れかけたところを強引にずるりと抜かれた。

「すまない。余裕がない」

雅人が性急に自身にもジェルを塗る。

「挿れるぞ」

「あ…」

熱塊を感じた次の瞬間、グイと腰を突き入れられ、熱く脈打つ雅人が中に押し入ってきた。

「ああ……っ」

秘所がこれ以上ないほど開かされているのがわかる。衝撃に息が止まりそうなのに、自分の身体の中に彼がいる奇跡がまだ信じられなくて、周はただただ身体をふるわせた。

これまで経験したことのないような痛みと熱さ、息苦しさ。

それを全部引き受けても構わないと思えるほどの深いしあわせ。

――おれ、ほんとに……雅人さんと……。

ひとつになろうとしている。お互いのすべてになろうとしている。

そう思ったらうれしくてうれしくて、負荷なんてちっとも気にならなくなった。

「ん…、んっ……」

ゆるゆるとはじまった抽挿によって少しずつ雅人を呑みこまされてゆく。大きく張り出した先端がぐぷんと音を立てて挿《はい》ってしまえばあとはもう一息だった。

「あぁっ……あっ、ん……」

灼熱《しゃくねつ》の塊が隘路をこじ開け、一気に最奥へ埋めこまれる。強引で獰猛《どうもう》で、まるで紳士らしくない。

そんな雅人の余裕のなさが今はとにかくうれしかった。

「まさ、ひと…、さっ……」

雅人が出ていくたびに総毛立ち、埋められるごとに中が造り替えられる。身体の内側から彼を覚えさせられていく。一分《いちぶ》の隙もないほどぴったりと抱き合い、心から愛し合い、そうして身体の中までいっぱいにされてこれ以上のしあわせなんて他になかった。

「周、泣くな」

いつの間に涙が出ていたんだろう。雅人は抽挿を止め、目尻にそっと唇を寄せてくれた。

「苦しいか」

「ちが……、おれ、うれしくて……」

「あぁ。俺もだ」

熱いくちづけが落ちてくる。

「やっと周のものになれた」

「それを言うなら、やっと俺のものになった、じゃないんですか」

すんと洟《はな》を啜りながら雅人にしがみついていた腕を解く。手を伸ばして頬に触れると、恋人はゆっくりと首をふった。

「俺をきみのものにしてくれ。そう言ってくれ、周」

「雅人さん」

奪うようなことはもうしないとその目が告げている。最初のキスでぎくしゃくしてしまったことをまだ悔いているんだろう。

どこまでやさしく、そして誠実な人なのか。

そう思ったらいてもたってもいられなくなって、上体を引き寄せると周からそっとくちづけた。

「おれのものになってください」

「周」

「そして、おれを雅人さんのものにして」

誓うようにやさしいキスが降ってくる。

「きみを、俺のものにする。これからずっとだ」

「はい。ずっと」

答えとともに腰を抱え直され、抽挿が再開される。熱に浮かされた身体は新たな刺激にたちまちのうちにぐずぐずになった。

「あ……、あ、んっ……んんっ……」

熱くて、気持ちよくて、触れ合ったところから溶かされてしまいそうだ。一度達したにも拘わらず周自身は固く張り詰め、突き入れられるたびにふるりと揺れた。

「は、っ……」

押し殺した声が頭上から降ってくる。雅人の熱い吐息は色っぽく、それだけで頭がおかしくなりそうなほど煽られた。

「周。愛している」

低くふるえる愛の言葉とともに強く腰を打ちつけられる。思いの丈を叩きつけるようにガツガツと貪られることがこんなにもうれしいなんて思わなかった。

「あっ…、雅人、さ……ああっ…ん、っ……」

もう啼《な》くしかできない。最奥のさらにその奥を目がけて熱塊を押しこまれ、瞼の裏に星が散った。

眩《まばゆ》い光に翻弄されるまま身体がふわりと浮いたように錯覚する。瞬く間に絶頂へと引き摺り上げられ、周は二度目の高みを極めた。

「あ、あ、あ、……あっ……」

吐精の刺激に中が激しく収縮する。それさえも味わおうとするかのように抜き挿しをくり返され、達したばかりの敏感な内壁が喜悦に惑った。

「やっ、ダメ……も、雅人さん、それ……」

「周」

再び前に手を回される。花芯を擦るのに合わせて最奥を抉られるとひとたまりもなかった。

「何度でも達っていい」

小刻みにふるえる肩に雅人がくちづけてくれる。

周は朦朧《もうろう》としたまま、それでも懸命に首をふった。

「おれだけじゃ、いやです。だから、雅人さんも一緒、にっ……」

「わかった」

足を抱え直されるなり、いよいよ激しい突き上げがはじまる。部屋に響くふたりの息遣いが、時に追いかけ、時に追い越しながらやがてひとつのリズムを刻んでいく。

「あ、もう…、もう……、ん、ん――」

「くっ」

食み締めていた雄蕊《ゆうずい》がこれ以上ないほど膨らんだかと思うと、次の瞬間、一番奥でどっと弾けた。

「――……っ」

どくどくと注がれる奔流に感じ入るあまり声も出ない。気づいたら自分もまた達していた。

「あまね……」

倒れこんできた愛しい重みを受け止めながら、汗だくの広い背中に腕を回す。

弾む息を押し殺しながら重なってくる唇に周も万感の思いで応えた。

「愛している。おまえだけだ」

「おれも……愛してます」

目を見交わしただけで涙が出そうなほど。

しあわせをわかち合いながら、ふたりは終わらない夜に瞼を閉じた。

＊

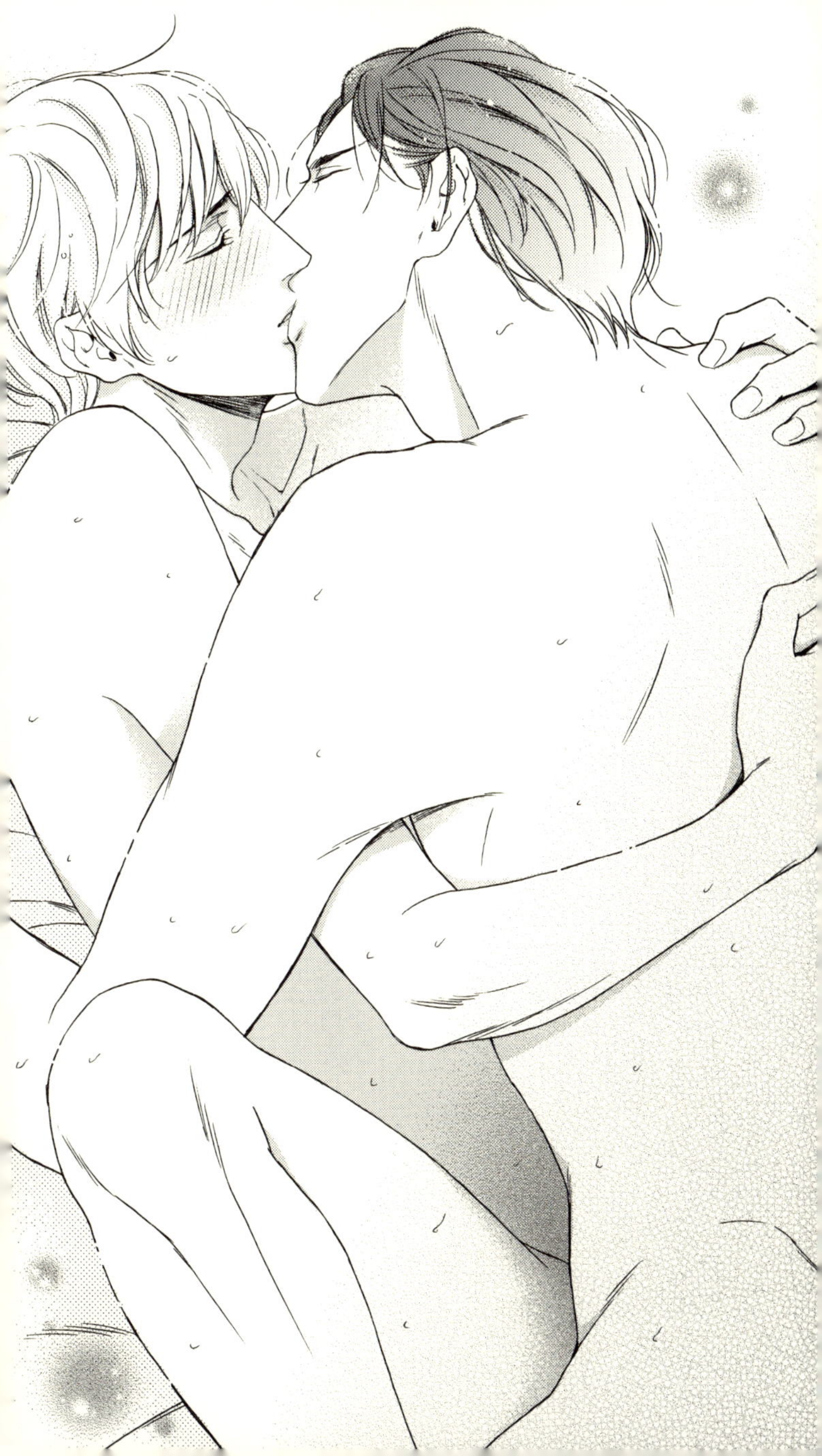

自分の気持ちひとつで世界はこんなにも色づいて見える――。

それをしみじみと噛み締めながら、廊下を歩いていた周は窓からの景色に足を止めた。

日一日と新しい芽を出し、花を咲かせる庭は生命の象徴のようだ。冷たい風に肩を竦めながら春を待ち侘びていた日々も今や遠い。

白い木香薔薇《もっこうばら》の下には黄色い水仙。ピンクのビオラの上では真っ赤なチューリップが揺れ、吸いこまれるようなブルーのスカビオサのすぐ隣には薄紫色のクレマチスがこんもりと茂っている。思わず見入ってしまうようなそんな色鮮やかなグラデーションにすら、ついこの間まで気づくこともできなかった。

すべては、心持ち次第だ。

焦るばかりで周りが見えなくなっていた頃とは違う。がむしゃらに自分を追い詰めることが正解ではない、夢を実現するためにはアプローチの仕方が大切なんだと教えてくれた人がいるから。

「雅人さん……」

そっと愛しい名前を唇に乗せる。それだけでこんなにもしあわせな気持ちになる。

「なんか、精神安定剤みたい」

思わず呟いた言葉が言い得て妙で、自分で言っておきながらついつい笑ってしまった。

雅人から大切なことを教わった周は、あれ以来、失敗の経験を仕事に活かすようになった。体調管理も仕事のうち。精神をフラットな状態に保つのもそのひとつだ。心身ともに健やかであってこそ、いい料理を作ることができる。それを今回のことでつくづく実感した。

気持ちが変われば行動が変わる。

そして行動が変われば纏う空気も変わっていく。

周は再び歩き出す。遅れてスタッフルームに入ると、そこには既に全員が集まっていた。

「賄いの片づけお疲れさま」

すぐに日下が声をかけてくれる。

それに笑顔で応じるのを見て、日下はしみじみと頷いた。

「最近の周、雰囲気が変わったんじゃない？」

「そうかな」

「うん。元気になった。体調もそうだし、気持ちもすごく楽になったように見えるよ」

やっぱり、わかるものなんだ。

自分で感じていたことが変化として表にも現れていることを知って、なんだかうれしい。くすぐったさにへへと照れ笑いしていると、後ろから髪をくしゃりとかき混ぜられた。

「おまえが笑ってないと張り合いがないからな」

「あ、高埜さん」

「扱《こ》き使ってやるから覚悟しとけよ」

「轟さんまで」

仲間の顔をぐるりと見回し、あらためてここは自分にとって大切な場所なんだと実感する。誰が欠けてもダメだ。シエルでなくちゃダメなんだ。

「ありがとうございます。おれ、頑張りますね」

「倒れない程度にな」

すかさず轟に釘を刺され、「うっ」と詰まったのを見て皆が噴き出す。一緒になって笑っていたところでスタッフルームの扉がノックされ、雅人と一ノ瀬が顔を覗かせた。

「遅くなってすまなかった」

「おふたりとも、お疲れさまです」

日下が立って出迎える。

雅人と目が合った途端、胸がドキンと高鳴った。

毎日のように電話で話していても、こうして会えるとやっぱりうれしい。上質な黒いスーツに身を包んだ彼からは男らしい色気が漂ってくる。

――――惚れた欲目かもしれないけど……。

気を抜くとすぐに思ったことが顔に出るので、周は意識して唇を引き結んだ。

これから大切なリハーサルだ。頑張ると誓ったくせに、がっかりさせるわけにはいかない。周は唇同様、腰のエプロン紐をもう一度ぎゅっと結び直した。

今日は美食クラブの最終チェックとして、調理からサービスまでを通しで行うことになっている。

一ノ瀬はすべての進行を、そして雅人はオーナーとして味やサービスに目を光らせるのだ。

「昼食は済まされましたか？」

訊ねる日下に、雅人が軽く頷く。

「少し腹に入れた程度だ。メインはオーナーズチェックに取っておいた」

「うわ。責任重大」

思わず呟く周に、恋人は悪戯《いたずら》っぽいウインクを投げてよこした。その目が「期待してるぞ」と言っているのがわかる。

――とっておきのものをお出しします。

だから周も心の中でそう返すと、一礼して轟とともに厨房に入った。

当日のセッティングについて四人が最終確認を行うのと並行して、こちらは料理に取りかかる。忙しく手を動かしている間もずっと心は浮き立つようだ。

「いよいよですね、轟さん」

「なんだ。ようやく実感したのか？」

「ほんと言うと、まだふわふわしてます」

倒れるほど心血を注いだメニューだ。もう何度試作を重ねたか数えきれない。だからこそお披露目の時が早くきてほしいような、もっと大事にあたためておきたいような、不思議な気分だった。

「そういえば、轟さんも挨拶するんですよね？」

話をふった途端、轟が苦虫を嚙み潰したような顔になる。

今回は記念すべき第一回目ということもあり、オーナーとシェフそれぞれから招待客へ挨拶があるのだそうだ。涼しい顔でこなすだろう雅人とは対照的に、轟は人前に出るのをあまり好まない。

「うまけりゃそれでいいじゃねぇか」

「もう。シエルのシェフとしてここぞとばかりに喋ってくださいよ」

「そんならおまえやるか？」

「それこそなに言ってんですか」

トングを持ったまま肘で小突き合っていると、それを見つけた日下に笑われた。

「ほら、ふたりとも。じゃれ合ってないで」

仕上がった皿を高坏とともに軽やかに運んでいく。サービスの仕方も細かくチェックされるのだそうで、やや緊張気味の高坏に心の中でエールを送りながら周もまた夢中で手を動かした。

すべての料理を出し終えた後は、雅人たちと席を囲んでの講評だ。

料理の味や盛りつけはもちろん、サービスするタイミング、説明の仕方、ワインの注ぎ方から皿の下げ方に至るまでありとあらゆることにコメントが入った。良かった点、改善すべき点、それぞれについての解説を聞きながら、よくぞそれだけ観察していたものだと驚かされた。

「よく見てますすね」

思わずぽろっと言ってしまってから、失礼だったかもと慌てて口を塞ぐ。

けれど雅人はなんでもないことのように「審査員をしていたからな」と肩を竦めた。

「総じていい体験だった。指摘事項を改善してくれれば言うことはない」

「てことは……」

「あぁ。ＯＫを出そう」

ぱっと轟をふり返る。同じように日下と高埜が互いの健闘を讃《たた》えてにっこりと微笑み合った。

「各自しっかりイメージトレーニングしておいてくれ。持てる技量は本番で発揮してこそだ」

皆が頷くのを確かめてから、雅人がおもむろに咳払いをする。

「それからこれは、プライベートとして話しておきたいんだが――」

こちらをチラと見られた瞬間、嫌な予感が脳裏を掠めた。なにか企んでいる時の顔だ。その証拠に、形のいい唇の端がゆっくりと吊り上がっていく。

条件反射でふるふると首をふる周を楽しそうに見た後で、雅人は無情にも口を開いた。

「そこにいる伊吹くんとお互いをパートナーに選び合った。理解には時間がかかるかもしれないが、知っておいてくれ。もちろん公私混同するつもりはない」

「……！」

なんのためらいもなく言いきられ、思わず仰《の》け反《ぞ》る。

ひとり絶句している周をよそに、ようやく意味が飲みこめたらしい仲間たちが一斉に「わっ」と声を上げた。

「おめでとう、周。ちゃんと恋人同士になれたんだね」

「と、透くん。ちょっと、なに言ってるかわかってる!?」

「ずっと成宮さんのこと気にしてたから……。辛くて悩んだこともあったよね」

「待って話を捏造《ねつぞう》しないで」

まるで自分のことのようによろこんでくれるのはうれしいけれど、雅人からの視線が痛い。詳しく聞かせてもらおうかと言っているのが手に取るようにわかる。

――ううう。話がややこしくなっていく……。

「なんだ、結局そういうことかよ」

ポンと背中を叩かれ、顔を上げると高埜がなぜか少し悔しそうな顔をしていた。

「豆柴をかわいがんのも楽しかったんだけどな」

「誰が豆柴ですか」

「おまえがしあわせならしょうがないか」

どういう意味だろう。首を傾げていると、後ろからわしわしと髪をかき混ぜられた。

「料理には勘が働くくせに、恋愛となるとてんで鈍いよな」

「轟さんまで」

「おまえのことなんてここの全員が知ってたっつーの」

「えええっ」

再び仰け反る周に、轟は「バレてないとでも思ってたのか？」と苦笑する。縋る思いで日下と高埜を見上げたものの、「周はなんでも顔に出るからな」と逆にトドメを刺されて撃沈する羽目になった。

「ガーン……」

内緒のつもりが、そう思っていたのは自分だけだったなんて。

「なるほど。公然の秘密だったか」

クックッと喉奥で笑う雅人の隣で一ノ瀬がやれやれと肩を竦める。いつもは表情を変えない人だけれど、心なしかうれしそうに見えた。

そんなふたりを交互に見ながら日下が「それなら」と声を弾ませる。

「成宮さん、こちらに引っ越しされるんですか？」

「ゆくゆくはそうしたいが、すぐには難しいな。しばらくは通うことになりそうだ」

「それなら専用のお部屋をご用意しますね」

「いや、余計な手間はかけさせたくない。近くの別荘を買い取ったから周を連れてそちらに泊まる。いずれはふたりで住むつもりだ」

「わーっ」

今度は思いきり声が出た。いや、出たというより気づいたら素っ頓狂な声が口から飛び出していた。

「買ったんですか！」

「なにか問題でも？」

目をまん丸にする自分とは対照的に恋人ときたら涼しいものだ。その豪快さといい、根回しのよさといい、あまりにすごすぎて頭がついていかない。

「サプライズの度が過ぎます……」

「きみの料理に驚かされたお返しが少しはできたか」

得意げに笑う雅人を上目遣いに睨んでみたものの長くは続かず、そのうちつられて笑ってしまった。だって、うれしい。

自分に会いにきてくれるなんて。

ふたりで住む場所を用意してくれたなんて。

——これからのこと、考えてくれてるんだ……。

そう思ったら胸があたたかくなってきて、今度はこらええようと思っても収まらないくらい頬がゆるんだ。

「まさかこの中でカップルが誕生するとは思いませんでしたねぇ」

「この男所帯でな？」

日下と轟も顔を見合わせて笑っている。

「好きになったものはしょうがない」

雅人が話に加われば、高埜までがそれに乗った。

「成宮さん、意外と話せるクチじゃないすか」

「なんだ。きみも想う相手がいるのか」

「いると言えばいいのか、いたと言うべきか……」

高埜は珍しく言い淀《よど》む。じっと雅人を見つめたかと思うと、意を決したようにすぐ後ろの日下をふり返った。

「今夜はお祝いしましょう、支配人。美食クラブの前祝いも兼ねてパーッと」

「そんじゃ、とっておきのシャンパン開けるか」

轟が高埜の背中を景気よく叩く。

善は急げとばかりにいそいそと片づけをはじめる三人を前に、周は雅人と顔を見合わせた。

こんなにすんなり受け入れてもらえるとは思わなかったからなんだか意外だ。もちろん、頭ごなしに否定するような人たちでないことはわかっているけれど。

「……もしかして、これも根回ししてました？」

おそるおそる見上げると、雅人は「まさか」と苦笑した。

「きみの仲間なら、きっと大丈夫だと思っていた。それだけだ」

「それって、透くんたちを信用してくれてたってことですよね」

「あぁ」

雅人の言葉に胸が熱くなる。自分が大事にしてきたものを、彼もまた大切だと思ってくれているなによりの証拠だ。皆が自分たちを受け入れてくれたのと同じくらいうれしかった。

「雅人さんの仲間でもありますよ。ここは、おれたち皆のシエルですから」

「そうだな」

顔を見合わせて微笑み合う。素晴らしい仲間に恵まれたことを、そして雅人に出会えたことを思いきり神様に感謝したい気分だ。

うれしくて、くすぐったくて、たまらなくしあわせな今この時を。

大好きな人たちとともにあることを。

そっと打ちあける周に、雅人は漆黒の目を細めながら「俺もだ」と答えた。


数日後の美食クラブ当日。

シエルの駐車場は招待客の車で埋め尽くされた。

次々とやって来る着飾った美食家たちを、シエルの二枚看板である日下と高埜がにこやかに出迎える。それを通用口から覗き見ながら周はしみじみとため息をついた。

招待客の人数は事前に把握していたとはいえ、こうして目の前にすると実感が湧く。なにより、これまで満席になることのなかったフロアが人で埋まっているのを見るのはなんとも感慨深いものがあった。

「すげぇな」

後ろから覗きこんできた轟も呟きを洩らす。

「うれしいですよね」

こんなきっかけでもなければ実現しなかった光景かもしれない。なおさらこの第一回目を成功させなければと両のこぶしを握ったところで、唐突に轟が「げっ」と低い声を上げた。

「なんで三倉のやつらが来てんだよ」

「えっ？」

指された方を見ると、確かに例のオーナーとスーシェフの姿がある。イチャモンをつけられたあの夜のことが脳裏を過り、思わず轟と顔を見合わせた時だ。

「俺が招待状を送ったんだ」

不意に横から声をかけられ、驚いて顔を上げるとそこには雅人が立っていた。

昼餐《ちゅうさん》にふさわしくモーニングスーツに身を包んだ彼はまるでどこかのモデルのようだ。ストライプのコールズボンが長い足をさらに美しく引き立たせていた。

「いくら競合相手とはいえ、正式な招待を受けた以上は大人の対応をするものだ。並み居る美食家たちの手前もある。下手なことはさせない」

「だと、いいんですが……」

「ホールのことは心配するな。その代わり料理を任せる。……できるな？」

強い眼差しを真正面から受け止める。

何度も何度も、途方もない数の試作をくり返し、オーナーズチェックを受け、自信を持って提供できるまでに磨いた料理だ。雅人がホールをまとめてくれるのなら、自分たちは心をこめて最高のものを作り出すまで。

轟と顔を見合わせ、それから力強く頷く。

「できます。やってみせます」

「期待している。頼んだぞ」

雅人が勝利を確信した顔で颯爽とホールへ出ていく。招待客らに歓迎と感謝を伝えるオーナーズグリーティングのはじまりだ。

フロアでは盛大な拍手が湧き起こっている。

美食家たちからの期待を一身に受け、雅人はどんな言葉を発しているのだろう。その様子をあますところなく目に焼きつけたかったけれど、自分には自分の役割がある。轟と阿吽の呼吸で頷き合った周はすぐにアミューズの盛りつけに取りかかった。

緊張していないと言ったら嘘になる。

けれどそれと同じくらい不思議な高揚感に包まれていた。

オードブルに続いてスープを、そして魚料理のポワソンを、一皿一皿心をこめて作り上げる。雅人と轟の三人でああでもない、こうでもないと試行錯誤した胡瓜とカジキマグロのファルスを仕上げながら、当時のことを懐かしく思い出したりした。

あの頃は、彼を目の敵にしていたっけ。シエルを横取りした悪いやつだと突っかかるような言い方ばかりして……。

それなのに、雅人は周が作る料理に、そして周自身に正面から向き合ってくれた。試作にさえ敬意を払い、十も年下の人間を対等に扱い、周自身を尊重してくれた。一時は料理にしか興味を持ってもらえないとショックを受けたこともあったけれど、それは誤解だとわかったし、彼の心と話すうちにいつしか自然と惹かれていった。

味を見たソースの甘酸っぱさに胸がきゅんとなる。この味を、自分はきっと一生忘れないだろう。

「よし、と」

ホットテーブルで仕上げた料理が日下によって運ばれていく。その目が「おいしそうだね」と微笑んだのを見て、こちらまでうれしくなってしまった。

その後もソルベ、メインと目まぐるしく皿が出ていく。デセールが運ばれていったところでいよいよ轟の出番だ。

「こういうのはあんま向いてねぇんだけどな」

苦笑する轟の背中を日下とふたりがかりで押して、シエルの看板料理人をシェフズグリーティングへと送り出す。轟がフロアに姿を現すなり、割れんばかりの拍手が厨房まで届いた。

通用口からホールへ半分身を乗り出した周は思わず息を呑む。それはまるで映画を見ているような、とても感動的な光景だった。

「わぁ……」

さすが経験がものを言う、轟のスピーチは淀みなく実になめらかだ。招待客への感謝と、シエルの料理に対する信念を語る轟の話に客たちはじっと耳を傾けている。尊敬する先輩の言葉をレストランの一番奥で聞きながら、じんと胸がいっぱいになった。

頑張ってきてよかった。そう、しみじみと思っていた時だ。

「せっかくなので、皆さんにご紹介したい男がいます。——周」

「えっ」

唐突に呼ばれて身を竦ませる。轟の視線につられるようにして、皆の視線が一斉に厨房のドアに集まった。

「私の右腕として腕をふるっているコックの伊吹です。本日のポワソンは彼のレシピを採用しました。お気に召してくださった方もいるでしょう。ぜひ、ご挨拶を」

手招きをされ、心臓が瞬く間に早鐘を打ちはじめる。目標とする轟が公の場で自分を紹介してくれるなんて思ってもいなかったのだ。

足を縺れさせながら転がるようにホールに出る。その瞬間、あたたかな拍手に包みこまれた。

「ファルス、いいお味でした。ぜひ握手を」

「伊吹さん。これからも通わせてもらいますよ」

「次はどんなもので唸らせてくれるのか、今から楽しみですね」

テーブルを縫って歩く周に客たちは口々に言葉をかけてくれる。そのひとつひとつに応えながら、料理人としてこんなにしあわせなことはないとしみじみ思った。

「おいしかったよ。ありがとう」

そんな周に、控えめに声をかけてきたのは三倉のスーシェフだ。覚えのある顔に一瞬ドキッとしたものの、その表情はおだやかで、彼が心からそう言ってくれているのが伝わってくる。

だから周もていねいに一礼を返した。

「こちらこそ、ご賞味くださりありがとうございました」

微笑み合ったのはほんのわずかな時間だったけれど、憑《つ》きものが落ちたように心が軽くなる。

轟の隣に立った周は、あらためて一同を見回し、深々と一礼した。

「料理を楽しんでいただけたなら、それがなによりのよろこびです。ぜひまたおいでください。次もあっと驚くものを用意してお待ちしています」

そう言いきるや、フロア中から期待をこめた笑いが起こる。雅人はニヤリと口端を持ち上げ、轟はあかるい声を立てて笑った。日下や高埜も噴き出している。そんな仲間を見ていたらおかしくなってきて、さっきまでの緊張もどこへやら、周も一緒になって笑った。

そんな楽しい時間はあっという間だ。

次も期待しているよと口々に言ってくれる客たちをスタッフ全員で見送って、美食クラブの第一回目は大成功のうちに幕を閉じた。

「今日はよくやってくれた。お疲れさま」

「成宮さんこそお疲れさまでした。支配人として、あらためてお礼を言わせてください」

「ホールふたりもお疲れさん。満席はキツかったろ」

「それ言ったら轟さんと周もお疲れさまですよ。今日は特に気合い入っててうまそうだったし」

「試作、いっぱい作りましたもんね」

皆で顔を見合わせる。

「ああして宣言したことだし、次も頑張らないとな」

「もちろんです」

雅人の発破に頷いてから、しみじみと『次』という言葉を噛み締めた。一か八か背水の陣で臨んだ今日が、しっかりその先につながったということだ。

「次があるって、うれしいことですね」

それこそが、シエルに復活の兆しが現れたというなによりの証だから。

頷いた雅人は周を見、それからひとりひとりの顔を眺め回した。

「期待に応え続けることがこれからの使命だ」

「任せてください」

周は間髪入れずに答える。それに日下も、轟も、そして高埜も続いて頷いた。

これからも、大切な場所を守るために自分にできることを全力でやる。仲間のため、自分のため、

そして心から愛する人のために。

思っていることはすべて顔に出ていたんだろう。こちらを見た雅人がふっと微笑む。

「ついてきてくれるか」

「よろこんで！」

それこそが望むすべてだ。

皆の真ん中で周は雅人と顔を見合わせ、あかるい未来に微笑むのだった。

極上の愛を一口

飴色《あめいろ》に磨かれた窓枠の向こう、今を盛りと白い木香薔薇《もっこうばら》が咲き誇《ほこ》っている。

吸い寄せられるように顔を上げた周《あまね》は料理の手を止め、そっと鳶色《とびいろ》の目を細めた。

シエルの庭にも植えられている花で、春に訪れるゲストたちの目を楽しませる立役者だ。もちろん自分も、散歩のたびに枝を見上げては元気をもらっていたものだった。

「よく眺めているな」

キッチンに戻ってきた雅人《まさひと》が話しかけてくる。

恋人のやさしい声音につられて、周も思わず笑顔になった。

「見てると気持ちがあかるくなるから好きなんです。木香薔薇っていうんですよ」

その名のとおり蔓《つた》薔薇の一種で、フェンスやアーチに誘引された茎《くき》にたくさんの白い花をつける。咲く姿は愛らしく、香りもいいし棘《とげ》もないので顔を近づけても安心だ。両手を広げて満開の中に身を埋めるととてもしあわせな気分になる。

そう言うと、雅人はうれしそうに笑った。

「確かに、周によく似合う」

「へへ。そう見えます？」

花が似合うなんて言われたのははじめてだ。

照れ隠しにぽりぽりと頰《ほほ》を掻《か》いていると、雅人はなぜかニヤリと口端を持ち上げた。

「花言葉は『初恋』だそうだな」

「へっ？」

思いがけない言葉にぽかんとなる。「初恋……」と口に出してみてはじめて、じわじわと気恥ずかしさが襲ってきた。

「なっ、なんでそんなこと知ってるんですか」

「きみがいつもうれしそうに見るから、気になって調べただけだ」

「さすがストーカー……」

いつもながらそのマメさには感心してしまう。

「確かに、俺にとっては初恋だったな」

「え？」

「きみに出会って、はじめて人を愛するよろこびを知った。愛されるよろこびも同じだけ……。周、きみが教えてくれたんだ」

「……っ」

真正面から言われて思わず言葉を呑《の》んだ。

どうしてこう、臆面もなく恥ずかしい台詞を口に出せるのか。わーっと言い返してやりたいのに、眼差しに艶《つや》を混ぜる恋人を見上げているうちに悪態さえも引っこんでしまう。

それに、初恋というなら自分も同じだ。

――だから余計恥ずかしいんだけど……。

熱い頬を見られないように下を向き、周は再び料理に集中することにした。

雅人が買い取ったこの別荘は、ふたりで住むにあたり軽くリフォームが施された。

古くなっていたところを修繕するだけかと思いきや、雅人がどうしてもと拘《こだわ》ったのがキッチンだ。周が動きやすいよう、そして設備に足りないものがないようにと、とことん希望を聞き出しては叶えてくれた。

ついでにしれっと設えられたのが木目も美しいカウンターだ。カウンターキッチンにするとその分リビングが狭くなると言う周に、雅人は「きみが料理しているところを見ていたい」と頑として譲《ゆず》らなかった。

その雅人は今もカウンターの向こうでスツールに腰かけ、楽しそうに手元を覗きこんでくる。

——そういえば、出会った時もそうだったっけ。

彼が新しいオーナーとしてシエルにやって来たその日も、賄いを作っているところをじっと見つめられたのだった。監視のような体《てい》に、あの時はもやもやした気持ちになったものだが、今ではそれも含めていい思い出だ。

——なにせ、一口食べて「うまい」だったもんなぁ。

懐かしさに自然と口元が綻ぶ。

今作っているのが雅人の好物だから余計に思い出すのかもしれない。あの時はクレソンのグリーンリゾットだったけれど、今日はポルチーニ茸とパンチェッタを使う。

拍子切りにしたパンチェッタと微塵《みじん》切りの玉葱《たまねぎ》を炒めたところに生米を合わせ、油を吸わせたところでフォンを加える。米が膨らんできたらポルチーニ茸とその戻し汁を濾《こ》し入れ、最後にバターと、たっぷりのチーズを加えて適度な粘りと艶を出せば完成だ。

中央に窪みのある平型のスープ皿によそい、焼いておいたクラッカーとセルフィーユを飾る。ふと思いついて窓から手を伸ばし、庭の木香薔薇も皿の端に一輪添えた。

両手に皿を持ってカウンターを回りこむ。

「できましたよ。どうぞ」

雅人の前に片方を置くと、恋人は「ありがとう」とうれしそうに目を細めた。周の大好きな顔だ。出されたのが好物ということもあるだろうが、それ以上に、雅人は料理にまっすぐ向き合ってくれる。食べものを決して粗末にせず、作った人間にも敬意を払って接してくれる。自分も、自分の料理も心から大事に思ってくれているのがわかるから、彼のために食事を作ることはこの上ないよろこびだ。

料理をするたびに、こんなふうに噛み締めるなんて思わなかった。これも、彼に出会ってはじめて知ったことのひとつだ。

だから自然と、普段なら言えないような言葉も口から出る。

「たくさん食べてくださいね。……その、愛情をこめて作ったので」

「うん？」

「聞こえてたでしょ！　今の絶対聞こえてた！」

ククッと喉で笑いをこらえる策士に、周は右手に自分の皿を持ったまま地団駄を踏む。ただでさえ照れるのに、聞き返されるなんて恥ずかしくて顔から火が出そうだ。

なのに雅人は楽しそうに、「もう一度言ってくれないか」とねだった。

「もう。なんだってあなたはそう、恥ずかしいことばっかり要求するんです」

「きみこそ、どうしていつまで経っても初々しいんだ」

「しょうがないでしょ。照れくさいんです」

「そんなところも愛しいものだな」

もうなにを言っても負ける気しかしない。

上目遣《づか》いに睨《にら》む周を、雅人はスツールを立って惚《ほ》れ惚れと見下ろした。

「そういえば、きみは家で料理をする時もその格好だな」

「コックコートですか？　なんか、これじゃないと落ち着かなくて……。そういう雅人さんの方こそスーツの上着ぐらい脱いでもいいのに」

仕事の合間を縫って会いに来る雅人は、プライベートの服装をすることもあるが、大抵はスーツだ。家に帰る時間を惜しんで会社から直接車を飛ばしてくるのだという。

「俺も落ち着かなくてな」

「仕事人間なんだから」

「きみが言うか？」

顔を見合わせてくすりと笑う。

あらためて自分たちの格好を交互に眺めた雅人は、ふと、なにか思いついたように目を輝かせた。

「よく見たら結婚式のようじゃないか」

「……はい？」

なにを言っているんだ、この人は。

「雅人さん、熱でもあるんですか？」

「純白に身を包んだきみと、漆黒を纏った俺だ。なかなかなものだろう」

「いやいやいや、落ち着いてください。ちょっと待って、雅人さん。なんでそんなうれしそうなんですか。いいからほら落ち着いて……、んっ……」

あっという間に距離を詰められ、唇に誓いのキスが落ちてくる。

自らの発想がいたく気に入ったのか、雅人は左手を伸ばしてカトラリー入れからスプーンを取り、もう片方の手で周の腰をグイと引いた。

「わっ」

「せっかくだ。ファーストバイトもしてみようじゃないか」

「本気ですか!?」

自分が知っているファーストバイトは、結婚式のケーキカットに付随するイベントだ。新郎新婦が切りわけたケーキの一切れを互いに食べさせ合い、愛を伝え合う。

新郎から新婦へ送る一口は『一生食べるものに困らせない』という約束、新婦から新郎への一口には『一生おいしいものを作ってあげる』という意味がこめられている。

驚く周をよそに、雅人は器用に左手でリゾットを掬《すく》い、口の前に差し出した。

「ほら、周。あーんだ」

「あの、これすごく恥ずかしいんですけど……」

「一生食べるものには困らせないぞ。着るものも、住むところも、なにもかもだ」

それが出任せでないことぐらい、その目を見ればすぐにわかる。こんなに情熱的にかき口説かれてうれしくないわけがない。わけがない、のだけれど。

「ううう……」

恥ずかしさもまた天井知らずだ。

それでも意地を張っていたらいつまでもこのままだと覚悟を決め、周は思いきっておずおずと口を開けた。

そこに、やさしくスプーンが差し入れられる。

まるで雛鳥《ひなどり》に餌《えさ》を与えるように、ごくんと飲みこむまでじっと見つめ続けられ、頬が熱くなるのが自分でもわかった。

「な？　うまいだろう」

得意満面の雅人に「どうだ」と言わんばかりに自慢される。

「なんでそんなに得意げなんですか。作ったのはおれですよ」

やられるばかりで悔しいから、せめてもと言い返してみたのだけれど。

「きみの料理は世界一だってわかったろう」

あっさりと返り討ちにされ、今度こそ撃沈するしかなかった。

そんな周にスプーンの柄《え》が差し出される。次は自分に食べさせてくれということだろう。

小さく苦笑しながら周はたっぷりと一匙《さじ》リゾットを掬った。

「……ほんとにもう。甘いんだから」

それは彼に対してか、それとも自分にか。

それでも、雅人のために一生おいしいものを作ってあげたい気持ちに変わりはない。だから周は思いきって恋人に匙を差し出した。

極上の愛を、一口。

「はい、雅人さん。あーん」

あとがき

こんにちは、宮本《みやもと》れんです。

『極上《ごくじょう》の恋《こい》を一匙《ひとさじ》』お手に取ってくださりありがとうございました。

久しぶりの傲慢《ごうまん》ムッツリ攻×元気なニブチン受……お楽しみいただけましたでしょうか。最近はおだやかな溺愛《できあい》ものを書くことが多かったので、今作を読んでくださった方がどう受け止めてくださるかドキドキしています。

雅人《まさひと》は特殊な家庭環境だったがゆえに孤独な戦いを続けてきた人でしたが、だからこそ周《あまね》のあっけらかんとした明るさや前向きさに救われたのかなと思います。雅人が自分の過去を語るたび、周に本音を打ちあけるたびに、硬《かた》い殻《から》がひとつずつ剝《は》がれ落ちる瞬間を書いているようで私自身も新鮮でした。

一方の周も、雅人との出会いやシエルの変革を通して自分の役割に向き合いましたね。がむしゃらにやるだけじゃダメなんだと気づき、苦しくももがいた時間はきっと彼の糧になると思います。雅人から大切なものの守り方、愛し方を学び、人間的にも一回り大きくなってくれたでしょうか。

そういえば、お料理ものを書くのはこれで二度目です。以前、薬膳《やくぜん》料理のお話を書いた時に「受の胃袋を摑《つか》む攻が好き」とあとがきで触れたのですが、今回はその逆パターン、フランス料理で「攻の胃袋を摑む受」でした。お料理シーンも食事シーンも大好きなのでとても楽しく書かせていただきました。

これからのふたりは巻末SSのような雰囲気で末永くしあわせに暮らすのでしょうね。『極上の愛を一口』は、小椋《おぐら》先生が描いてくださったカバーがあまりに素敵だったので「このシーンをお話でも残したい」との思いから書かせていただいたものです。やさしくあたたかなイラストで本作を彩ってくださいました小椋ムク先生、このたびはほんとうにありがとうございました。細やかにお気遣いくださり、リゾットだけでなく木香薔薇《もっこうばら》まで本文から拾い上げてくださってとても感動しました。私の宝物です。

素敵なカバーデザインに仕上げてくださったデザイナー様もありがとうございました。お話を読み終わって本を閉じ、もう一度表紙をご覧になった時に「あぁ、よかった」としあわせな気持ちになっていただけたらこれ以上のことはありません。よければご感想を聞かせてください。読者さんの声が私の一番のご褒美《ほうび》です。楽しみにお待ちしています。

最後までおつき合いくださりありがとうございました。

それではまた、どこかでお目にかかれますように。

二〇一七年　冬のはじまり、おいしいリゾットとともに

宮本れん

月神の愛でる花
〜巡逢の稀人〜

つきがみのめでるはな〜じゅんあいのまれびと〜

朝霞月子

イラスト：千川夏味

本体価格870円+税

異世界・サークィン皇国にトリップしてしまった純朴な高校生・佐保は、毒の皇帝と呼ばれる若き孤高の皇帝・レグレシティスと出会い、紆余曲折の末結ばれ、夫婦となった。

建国三百周年を翌年に控えた皇国で、皇妃としてレグレシティスに寄り添い、忙しくも平穏な日々を送っていた佐保。

そんなある日、自分と同じように異世界からやって来た【稀人】ではと推測される、記憶を失った青年が保護されたと聞き——？

リンクスロマンス大好評発売中

月神の愛でる花
〜巡逢の稀跡〜

つきがみのめでるはな〜じゅんあいのきせき〜

朝霞月子

イラスト：千川夏味

本体価格870円+税

異世界・サークィン皇国にトリップしてしまった純朴な高校生・佐保は、若き皇帝・レグレシティスと結ばれ、皇妃となった。

頼もしい仲間に囲まれながら、民に慕われ敬われる夫を支え、充足した日々を送っていた佐保だったが、ある日、自分と同じように異世界から来た【稀人】と噂される記憶喪失の青年・ナオと出会う。何か大きな秘密を抱えていそうな彼を気に掛ける佐保だが——？

新たな稀人を巡る物語、いよいよ感動のクライマックス！

月神の愛でる花
〜言ノ葉の旋律〜

つきがみのめでるはな〜ことのはのせんりつ〜

朝霞月子

イラスト：千川夏味

本体価格870円+税

日本に暮らしていた平凡な高校生・日下佐保は、ある日突然、異世界サークィンにトリップしてしまい、そこで出会った若き孤高の皇帝・レグレシティスと結ばれ、夫婦となった。
優しく頼りがいのある臣下たちに支えられながら、なんとか一人前の皇妃になりたいと考えていた佐保。そんな中、社交界にデビューする前の子供たちのための予行会に佐保も出席することに。心配ない場だとは分かっているものの、レグレシティスは佐保のことを案じているようで――？

リンクスロマンス大好評発売中

溺愛貴族の許嫁

できあいきぞくのいいなずけ

妃川 螢

イラスト：金ひかる

本体価格870円+税

志半ばで夢を諦めてしまった佑季は、気分転換を兼ねて亡き祖父の友人宅があるドイツに遊びに行くことに。滞在先は、使用人と大型犬をはじめたくさんの動物が生活している元貴族の古城だった。伯爵家直系当主であるウォルフは、金髪碧眼の紳士的な美青年だったが、滞在一日目の夜に突然押し倒されてしまう。さらに「私はきみの許嫁だ。きみに触れる資格があるだろう？」と驚きの発言までされて――？

妖精王の護り手
—眠れる后と真実の愛—

ようせいおうのまもりて—ねむれるきさきとしんじつのあい—

飯田実樹

イラスト：亜樹良のりかず

本体価格870円+税

「男女の双子のうち男子は災いを齎す」という言い伝えにより、幼い頃から理不尽に疎まれながらも、姉・レイラと寄り添いながら慎ましく健気に暮らしていたメルヴィだったが、ある日、「癒しの力」を持つ貴重な娘として、姉が攫われてしまう。助けるため後を追う道中、妖獣に襲われたメルヴィは、その窮地を大剣を操る精悍な男・レオ＝エーリクに救われる。用心棒として共に旅してもらう中で、メルヴィは初めて家族以外の温もりを知り、不器用ながらも真摯な優しさを向けてくれるレオに次第に心惹かれていく。しかし、レオが実は妖精王を守護する高貴な存在だと知り——？

リンクスロマンス大好評発売中

王と恋するふたつの月の夜

おうとこいするふたつのつきのよる

名倉和希

イラスト：北沢きょう

本体価格870円+税

父を亡くし、折り合いの悪い義母たちと暮らす神社の長男・瑞樹は、慎ましく日々を過ごしていた。そんなある日、突然ふたつの月が夜空に浮かぶ異世界・アンブローズ王国にトリップしてしまう。その上、王室付きの魔導師から、先王派の陰謀により呪いを受けた王の愛玩動物だという不思議な白い毛玉を救ってほしい言われ、毛玉（命名：タマちゃん）と共に呪いを解く旅に出ることになった瑞樹。道中、美しく精悍な月の精霊・フェディと出会った瑞樹は、自分の頑張りを認め、励ましてくれるフェディに次第に心を寄せるようになり——。

純白の少年は竜使いに娶られる

じゅんぱくのしょうねんはりゅうつかいにめとられる

水無月さらら
イラスト：サマミヤアカザ

本体価格870円+税

繊細で可憐な美貌を持つ貴族の子息・ラシェルは、両親を亡くし、後妻であった母の遺書から、自分が父の実の子ではなかったと知る。すべてを兼ね備えた、精悍で人を惹きつける魅力に溢れる兄・クラレンスとは違い、正当な血統ではなかったと知ったラシェルは、すべてを悲観し、俗世を捨てて神官となる道を選んだ。自分を慈しみ守ってくれていた兄に相談しては決心が揺るぎ縋ってしまうと思い、黙って家を出たラシェル。しかし、その事実を知り激昂したクラレンスによってラシェルは神学校から攫われてしまい――!?

リンクスロマンス大好評発売中

カフェ・ファンタジア

きたざわ尋子
イラスト：カワイチハル

本体価格870円+税

とある街中にあるコンセプトレストラン“カフェ・ファンタジア”。オーナーの趣味により、そこで天使のコスプレをして働く浩夢は一見ごく普通だが、実は人の「夢」を食べるという変わった体質の持ち主だった。そう――“カフェ・ファンタジア”は、普通の食べ物以外を主食とするちょっと不思議な人たちが働くカフェなのだ。浩夢は「夢」を食べさせてもらうために、「欲望」を主食とする昂大と一緒の部屋で暮らしている。けれど、悪魔のコスプレがトレードマークの傲岸不遜で俺サマな昂大は「腹が減ったから喰わせろ」と、浩夢の欲望を引き出すために、なにかとエッチなことを仕掛けてきて――!?

LYNX ROMANCE

小説原稿募集

リンクスロマンスではオリジナル作品の原稿を随時募集いたします。

募集作品

リンクスロマンスの読者を対象にした商業誌未発表のオリジナル作品。
（商業誌未発表のオリジナル作品であれば、同人誌・サイト発表作も受付可）

募集要項

＜応募資格＞
年齢・性別・プロ・アマ問いません。

＜原稿枚数＞
４５文字×１７行（１枚）の縦書き原稿、２００枚以上２４０枚以内。
※印刷形式は自由。ただしＡ４用紙を使用のこと。
※手書き、感熱紙不可。
※原稿には必ずノンブル（通し番号）を入れてください。

＜応募上の注意＞
◆原稿の１枚目には、作品のタイトル、ペンネーム、住所、氏名、年齢、電話番号、メールアドレス、投稿（掲載）歴を添付してください。
◆２枚目には、作品のあらすじ（４００字～８００字程度）を添付してください。
◆未完の作品（続きものなど）、他誌との二重投稿作品は受付不可です。
◆原稿は返却いたしませんので、必要な方はコピー等の控えをお取りください。
◆１作品につき、ひとつの封筒でご応募ください。

＜採用のお知らせ＞
◆採用の場合のみ、原稿到着後６カ月以内に編集部よりご連絡いたします。
◆優れた作品は、リンクスロマンスより発行させていただきます。
原稿料は、当社既定の印税でのお支払いになります。
◆選考に関するお電話やメールでのお問い合わせはご遠慮ください。

宛先

〒151-0051
東京都渋谷区千駄ヶ谷４−９−７
株式会社　幻冬舎コミックス
「リンクスロマンス　小説原稿募集」係

LYNX ROMANCE イラストレーター募集

リンクスロマンスでは、イラストレーターを随時募集いたします。

リンクスロマンスから任意の作品を選び、作品に合わせた
模写ではないオリジナルのイラスト（下記各1点以上）を描いてご応募ください。
モノクロイラストは、新書の挿絵箇所以外でも構いませんので、
好きなシーンを選んで描いてください。

1 表紙用 カラーイラスト

2 モノクロイラスト（人物全身・背景の入ったもの）

3 モノクロイラスト（人物アップ）

4 モノクロイラスト（キス・Hシーン）

募集要項

＜応募資格＞

年齢・性別・プロ・アマ問いません。

＜原稿のサイズおよび形式＞

◆Ａ４またはＢ４サイズの市販の原稿用紙を使用してください。
◆データ原稿の場合は、Photoshop（Ver.5.0 以降）形式でＣＤ－Ｒに保存し、
出力見本をつけてご応募ください。

＜応募上の注意＞

◆応募イラストの元としたリンクスロマンスのタイトル、
あなたの住所、氏名、ペンネーム、年齢、電話番号、メールアドレス、
投稿歴、受賞歴を記載した紙を添付してください（書式自由）。
◆作品返却を希望する場合は、応募封筒の表に「返却希望」と明記し、
返却希望先の住所・氏名を記入して
返送分の切手を貼った返信用封筒を同封してください。

＜採用のお知らせ＞

◆採用の場合のみ、６カ月以内に編集部よりご連絡いたします。
◆選考に関するお電話やメールでのお問い合わせはご遠慮ください。

宛先

〒151-0051 東京都渋谷区千駄ヶ谷４−９−７
株式会社　幻冬舎コミックス
「リンクスロマンス　イラストレーター募集」係

この本を読んでの
ご意見・ご感想を
お寄せ下さい。

〒151-0051
東京都渋谷区千駄ヶ谷4-9-7
(株)幻冬舎コミックス　リンクス編集部
「宮本《みやもと》れん先生」係／「小椋《おぐら》ムク先生」係

リンクス ロマンス

極上の恋を一匙

2017年11月30日　第1刷発行

著者……………宮本《みやもと》れん
発行人…………石原正康
発行元…………株式会社　幻冬舎コミックス
〒151-0051　東京都渋谷区千駄ヶ谷4-9-7
TEL 03-5411-6431（編集）
発売元…………株式会社　幻冬舎
〒151-0051　東京都渋谷区千駄ヶ谷4-9-7
TEL 03-5411-6222（営業）
振替00120-8-767643
印刷・製本所…株式会社　光邦
検印廃止

万一、落丁乱丁のある場合は送料当社負担でお取替致します。幻冬舎宛にお送り下さい。本書の一部あるいは全部を無断で複写複製（デジタルデータ化も含みます）、放送、データ配信等をすることは、法律で認められた場合を除き、著作権の侵害となります。定価はカバーに表示してあります。

©MIYAMOTO REN, GENTOSHA COMICS 2017
ISBN978-4-344-84109-3 C0293
Printed in Japan

幻冬舎コミックスホームページ　http://www.gentosha-comics.net

本作品はフィクションです。実在の人物・団体・事件などには関係ありません。